공부하고
놀고
일하고
집으로
돌아가는
노마드 스님이
들려주는
이야기

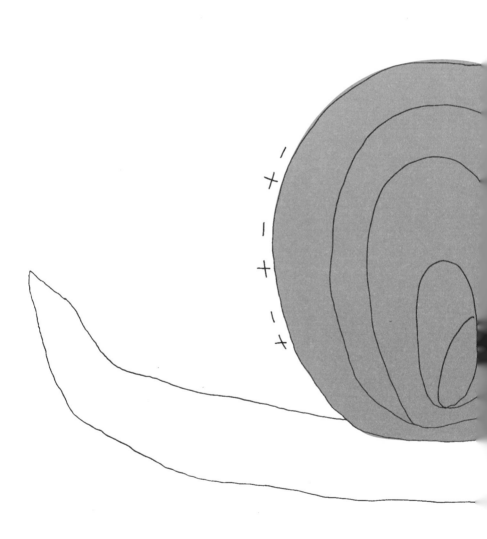

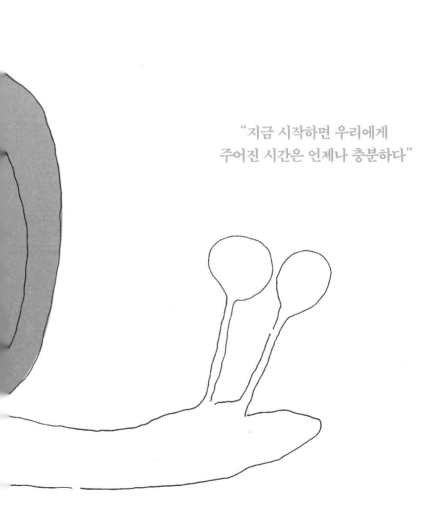

"지금 시작하면 우리에게
주어진 시간은 언제나 충분하다"

산다는 것은
결국 드러냄과
감춤의 반복

인터넷 시대인지라 갖가지 노출화면이 사이버 공간에
가득하다. 검색어만 두드리면 회사 단체 개인 할 것 없이
저마다 한껏 멋을 부린 '드러냄의 공간'을 자랑한다. 누구든지
까맣게 잊히는 것을 원하진 않지만 때로는 잊히고 싶은
부분도 있기 마련이다. 그런 까닭에 원하지 않는 사이버상의
노출을 청소해 주는 전문 업체까지 등장했다고 한다.
드러내고자 하는 권리만큼 감추고자 하는 권리도 인정해야
한다는 욕구가 자연스럽게 사업아이템에 반영된 것이다. 빛이
강할수록 그만큼 그늘도 짙은 것이 인터넷 속의 인생사다.
알고 보면 산다는 것은 결국 드러냄과 감춤의 반복이다.
출근이 드러냄이라면 퇴근은 감춤이다. 화장이 노출을 위한

것이라면 민낯은 은둔을 위한 것이다. 피부를 밤새 쉬게
해줘야 화장발이 잘 받는 것처럼 퇴근 후 제대로 은둔해야
이튿날 자기역량을 마음껏 노출시킬 수 있다. 도시적 일상이
노출이라면 주말을 이용한 잠깐의 템플스테이는 재충전을
위한 은둔이라 할 수 있다. 연휴와 휴가도 마찬가지다.
우리들의 현실은 제대로 된 노출을 위해 어떤 형태로건
은둔을 위한 나름의 처방책을 가져야 할 만큼 복잡다단한
시대에 살고 있다. 어쨌거나 노출로 인한 피로와 허물은
은둔을 통해 치유하고, 은둔의 충전은 다시 노출을 통해
확대재생산하는 선순환 구조를 스스로 만들어 가야 한다.
과거에도 그랬다. 벼슬살이가 자발적 노출이라면 유배를
가는 것은 비자발적 은둔이었다. 그럼에도 불구하고
은둔지에서 나름의 노출 방법을 구사하면서 갖가지 풍성한
유배지 문학과 예술세계를 만들어 냈다. 하지만 모두가
그랬던 건 아니다. 허구한 날 임금이 있는 방향을 향해 큰절을
하며 불러줄 날만 기다리다 허송세월한 이도 부지기수다.
또 자다가도 벌떡 일어나 주먹을 불끈 쥐면서 '나가기만 하면
누구누구는 꼭 손 좀 봐줘야겠다'를 반복하다가 화병으로
죽어나간 이도 적지 않았을 것이다. 비자발적 은둔이지만
자발적 은둔으로 승화시킬 수만 있다면 귀양 역시 마이너스가
아니라 플러스가 된다. 냉정하게 평가한다면 현직에 있을
때보다 물러난 뒤에 더 빛나는 이가 제대로 산 것이라고 할
것이다.

노출해야 할 때 은둔을 고집하면 '현실 도피'가 되고, 은둔해야
할 때 노출을 고집한다면 '전관예우' 내지는 'OO피아'라는
딱지가 붙게 된다. 따라서 노출할 때와 은둔할 때를 잘
구별하는 것은 개인의 일인 동시에 사회적 의무이기도 하다.
국가적으로 은둔을 제도화한 것이 정년이다. 그런데 고령화
시대에 접어들면서 은둔 기간이 너무 길어져 '노출 30년 은둔
30년' 시대가 도래한 것이다. 이제 노출 방법보다 은둔 방법이
더 중요한 시대적 화두가 되었다.

수십 년 전에 출가라는 형식을 통해 은둔적 삶의 방식을
선택했다. 입산 초기에는 가당찮게도 '나를 아는 모든
사람들의 기억 속에서 내가 사라지게 해달라'고 기도할
정도였다. 돌이켜 생각해 보니 실제적 은둔 기간은 딱
10년이었다. 이후 은둔은 은둔이 아니었다. 종교적 은둔은
(성철 스님처럼) 그 자체가 곧 노출을 의미한다는 아이러니도 알게
되었다. 차츰차츰 나도 모르는 사이에 노출을 자연스럽게
받아들일 만큼 내공도 쌓여 갔다. 시간이 흐르면서 노출할
만한 상황이라고 판단되면 오히려 적극적인 노출로 화답했다.
노출의 극치는 종로 조계사에서 7년가량 보낸 수도승(首都僧,
서울에 사는 승려) 생활이었다. 하지만 그 시기엔 노출 속에서
나름 은둔을 추구하는 것이 정답이라고 여겼다. 유수 신문사
동갑내기 기자는 만날 때마다 과다 노출된 나를 진심으로
걱정하고 조언해 주었다. 덕분에 도시에서도 산에 사는 것처럼
살려고 무진 애를 썼다. 그러던 어느 날 은둔과 노출이 둘이

아님을 깨닫게 되었다. 도시와 산중을 구별한다는 것 자체가
무의미하다는 것도 알게 되었다.

그럼에도 여전히 산은 산이고 도시는 도시였다. 3년 전 늦은
가을날, 서울살이의 묵은 둥지를 털고 세속을 여읜다(俗離)는
이름을 따라 속리산으로 들어갔다. 산행과 포행(산책)을
살림살이로 삼아 한동안 지내다가 다시 가야산으로 거처를
옮겼다. 외형은 은둔생활이었지만 대표적 노출증세인
글쓰기는 일간지 월간지 등을 통해 자의반 타의반 지속적으로
이어졌다. 이 소박한 책 역시 그런 과정을 포함한, 과감한
노출을 권하는 불광출판사가 독려한 결과물이다.

이제 혹여 고운 최치원 선생처럼 은둔을 꿈꾸는 이를
만난다면 이렇게 말해 줄 것이다.

인생이란 은둔과 노출의 반복이라고……, 다만 노출 정도는
조정할 수 있을 거라고.

2014년 늦가을 가야산에서
원철 두손 모음

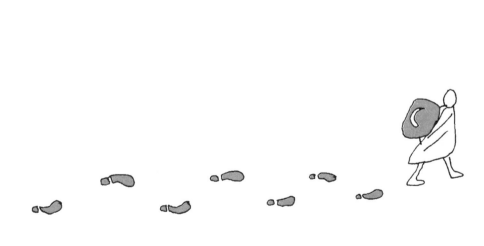

고인 물은 썩기 마련이듯
누구든지 한 자리에 오래 머물면
타성에 빠지기 마련이다.
알고 보면 공간 이동
그 자체가 자기구원이다.

자기를 고집하지 않고
주변 환경에 따라
스스로 변화하는
여유로움을 통해 도리어
자기를 더욱 부각시키는
역설의 아름다움으로 살라.

계절의 흐름을 읽듯
인생의 흐름도
읽을 줄 알아야 한다.
짧은 가을이지만
겨울 준비를 위한
시간으로는 충분하다.
인생의 중년기도 길지
않지만 한 호흡 고르면서
준비하는 시간으로는
충분하다.

1

삶에서 중요한 건 스토리와 내용이다

뱁새가
숲 속에서 의지할 곳은
나뭇가지 하나

길 떠나기 좋은 날, 구르는 낙엽 따라 도착한 곳은 오래된
ㄱ자형 한옥이었다. 족히 15칸은 됨 직한 그야말로
고대광실이다. 하지만 내게 필요한 것은 방 한 칸일 뿐이다.
마당의 오래된 돌 수곽에는 맑고 차가운 물이 그득하다.
장자는 '뱁새가 깊은 숲에 깃들여도 한 개의 나뭇가지(一枝)를
의지할 뿐이고 두더지가 황하 물을 마신다 해도 그 작은 배를
채우는 데 불과하다'고 했던가. 작은 병에 물을 채우고서
칩거하려는 두더지처럼 일지실(一枝室)에 몸을 뉘었다.
이동의 피로감으로 잠을 한숨 청했다. 얼마나 지났을까.
방문을 활짝 열고 밖을 내다보니 산줄기를 타고 내달리던
소나무의 군무는 마당의 가장자리에서 일제히 멈춰 섰다.

엄청난 크기의 바위가 몇 겹씩 서로 포개져 자연적인
석문石門을 만들었고, 누군가 그 위로 사다리를 걸쳐 놓고 정과
망치를 쪼아 자기 이름자를 솜씨 없이 새긴 만용을 부렸다.
그 행위를 통해 영원한 존재감을 확인하고서 씩 웃으며
돌아섰을 것이다.

얼마 동안 방이 비어 있었는지 덧문인 여닫이가 문틀에 끼어
뻑뻑하다. 게다가 안쪽 문인 미닫이는 살짝 휘어서 제대로
열리지 않는다. 목수를 불러 손을 봤다. 하지만 너무 깎아 버린
탓에 바람이 살짝 불어도, 마루를 딛는 발의 울림만으로도
저절로 문이 열린다. 모자라는 것도 문제지만 넘치는 것
역시 문제다. 그야말로 과유불급過猶不及이다. 여름날 습도가
높아지면 헐렁해진 문은 제 위치를 찾을 것이다. 휘어진
문짝은 잘 달래서 살짝 들어 올려 열고 닫으니 별다른
어려움이 없다. 딸려 있는 고방은 청랑한 기운이 가득한
마루방이다. 냉장고가 없어도 어지간한 것은 여기에 둔다면
제대로 보관이 될 것 같다.

고인 물은 썩기 마련이듯 누구든지 한 자리에 오래 머물면
타성에 빠지기 마련이다. 알고 보면 공간이동 그 자체가
자기구원인 것이다. 그래서 세상 사람들은 때가 되면 부서나
회사를 옮긴다. 그것조차 여의치 않으면 휴가여행을 떠나고,
스님네는 주섬주섬 걸망을 챙긴다. 교단 일을 거든답시고
종로 한복판 원룸에서 강산이 변할 만큼 머물다가 보름
전에 핑곗거리를 만들어 도망치듯 서울을 떠나 산으로 왔다.

새벽예불 후 앉은뱅이책상을 마주하고서 양반다리를 한 채
몸을 좌우로 흔들며 경을 소리 내어 읽으니 새삼 도학자의
환희심이 밀려온다. 창호지를 통해 들어오는 아침햇살을
오감五感으로 맞이하는 게 얼마 만인가.
누구나 세상 속에 살면서 또 다른 세상을 꿈꾸며 살아간다.
그래서 사람들은 무릉도원을 희구하며 수시로 길을 떠난다.
지친 마음을 씻어 낸다는 세심정洗心亭 앞에는 팍팍한
도시살이를 피해 잠시 산행 길에 나선 이들이 옹기종기 모여
안내판에 새겨진 글을 한 자 한 자 음미하고 있었다.

도는 사람을 멀리하지 않았는데 道不遠人
사람이 도를 멀리 하였고　　人遠道
산은 세속을 등진 적이 없는데 山非離俗
세속이 산을 등지고 있었구나. 俗離山

보리똥과 보리수,
중요한 건 스토리와
내용이다

가끔 들르는 그 암자에는 허리 높이의 소담스러운
보리똥나무가 마당 가운데 분재처럼 잘 다듬어진 자태를
뽐냈다. 시절을 제대로 맞추어 도착한 덕분에 짙푸른 바탕
빛의 잎사귀 위에 붉게 익은 열매가 주는 대비감이 더욱
도드라진다. 그야말로 푸른 비단 위에 붉은 꽃을 더한
모습이다. 약간 시큼하면서도 텁텁함은 개량하지 않는
원초적인 맛을 입 안에서 터트렸다. 하지만 몇 개를 계속 먹다
보면 또 그 맛에 길들여져 계속 손이 간다. 유실수가 아니라
관상수임을 알기에 적당할 때 멈추지 않으면 애지중지하며
정원을 관리하는 이의 눈총까지 감수해야만 한다.
조선왕조실록에는 '보리수甫里樹 열매가 익은 후에

잘 밀봉해 올려 보내라'는 기록이 남아 있다. 미루어 보건대 과일이라기보다는 약재의 용도로 사용한 것 같다. 관상수도 유실수도 아니고 실상은 약나무였다.

토종 보리똥나무는 보리가 팰 무렵 꽃이 피고, 보리가 익을 무렵 열매도 익는다고 해서 붙여진 이름이다. 하지만 보리똥나무는 그 이름에서 연상되는 힘들었던 시절의 보릿고개와 까칠한 보리밥의 이미지가 자기에게 덧씌워지는 것을 거부했다. 어느 날 '보리'에는 '깨달음(菩提, bodhi)'이란 심오한 뜻이 숨겨져 있다는 사실을 알아 버린 뒤의 일이다. 게다가 비호감의 '똥'이라는 글자마저 떼어 내고서 '보리수'라는 애칭으로 불러 주길 원했고 또 그렇게 됐다. 드디어 보리(甫里)는 보리(菩提)가 된 것이다.

중국이 원산지로 알려져 있는 보리자(菩提子)나무는 키도 크고 잎도 넓고 열매도 많았다. 주로 뿌리를 내리고 사는 곳은 큰 기와집이 즐비한 사찰 경내였다. 게다가 『고려사』는 '명종 11년 묘통사 남쪽에 있는 보리수가 표범의 울음처럼 소리 내어 울었다'고 해 신령스러움까지 갖춘 나무로 묘사했다. 또 열매는 염주로 만들어져 선남선녀의 손에서 사랑을 듬뿍 받고 있었다. 그래서 나름 격에 맞는 이름만으로 신분 상승을 도모하고자 했다. 보리자나무에서 뭔가 촌스럽게 들리는 '자(子)'를 솎아 냈다. 그리하여 고상하면서도 뭔가 있어 보이는 이름인 '보리수'로 변신하는 데 성공했다.

하지만 그 보리똥과 보리자의 보리수는 얼마 후 자기 이름이

결국 '짝퉁'이란 사실을 확인했다. 인도 보드가야에서 만난
오리지널 보리수는 참으로 장대했기 때문이다. 나무 한
그루가 그 자체로 숲이라고 불러도 손색이 없을 정도였다.
보리똥과 보리자가 뿌리로 삼고 있는 보리수라는 그
이름이 참으로 무안해지는 순간이었다. 고양이가 호랑이를
만났을 때의 느낌이랄까. 하지만 그 나무도 본래 이름은
피팔라pipala였다. 그 자리는 청년 붓다가 깨달음(보리)을 완성한
현장이다. 그리하여 자연스럽게 '피팔라' 대신 '보리수'라고
불리게 되었다. 어쨌거나 이름은 이름일 뿐이다. 중요한 건
스토리와 내용이다. '보리똥'이면 어떻고 '보리자'면 어떻고 또
'보리수'면 어떠랴.
여름 초입임에도 땡볕은 마사토로 뒤덮인 절 앞마당을 달군다.
참배객들은 큰 법당 앞의 두 그루 커다란 보리수(보리자나무)
그늘 밑에서 삼삼오오 앉아 낮은 목소리로 소곤대며
깔깔거리고, 진중한 몇 명은 외따로 자기를 돌아보는
명상시간을 갖고 있다.
이제 밤꽃처럼 보리수도 꽃구름을 하얗게 조금씩 일렁이기
시작했다. 멋과 향이 가득한 저 보리수 꽃이 질 무렵엔
본격적인 장마가 시작될 터다.

깨 볶는
솜씨로
커피콩 볶기

커피가 대세다. 이미 세계 무역교역량 2위를 차지했다. 지구촌
모두의 노래가 된 가수 싸이의 〈강남스타일〉은 한 손에 커피를
든 채 파라솔 밑에서 유머러스한 표정으로 졸다가 깨는
장면으로 시작한다. "커피 한 잔의 여유를 아는 품격 있는
여자…… 커피 식기도 전에 원샷 때리는 사나이". 두 얼굴의
커피라는 절묘한 대비를 통해 여유와 바쁨이라는 현대인의
양면적 삶을 동시에 그려 낸 듯하다.
몇 년 전 일본 불교 진언종의 총본산인 고야산 성지를 찾았을
때의 일이다. 사찰 진입로를 따라 양쪽에 자리한 오래된 영탑
공원 안을 걷다가 돌로 만든 커다란 커피 잔과 마주쳤다. 다소
생경한 광경인지라 잠시 발길을 멈추었다. 일본 유명 커피

회사인 UCC그룹에서 세운 위령탑이었다. 함께 갔던 지인은
UCC의 '우에시마(上島) 커피'의 역사가 환갑에 이르며, UCC는
캔커피를 세계 최초로 개발한 회사라고 설명했다. 이끼 긴
전통 부도(승려의 사리나 유골을 안치한 묘탑)와 사각형이 주종인 비석의
숲 속에서 현대적 디자인의 둥근 커피 잔 영탑은 또 다른
이미지 공간을 연출했다. 그 틈 사이로 과거와 현재가 말 없는
대화를 나누고 있었다. 옛 전통을 이으면서도 새로운 문화를
만들어 가는 온고지신의 또 다른 현장이기도 했다.

이제 우리의 커피문화 역시 추종적 답습형을 벗어났다. 기존의
핸드밀(수동으로 원두를 가는 기계)에 만족하지 않고 동양식 맷돌로
갈거나 한약재용 절구를 이용해 찧는 방법으로 맛과 향을
더한다. 커피 문화를 주체적으로 수용하려는 의지의 일환이다.
강릉 현덕사의 '커피 템플스테이'는 사발만 한 다완(차그릇)에
반쯤 채운 커피를 말차(抹茶, 분말녹차)처럼 두 손으로 감싸 쥔 채
마시는 예법을 선보였다.

강릉은 해마다 10월 말이면 커피축제가 열린다. 한국 커피
1세대 원로들이 이곳에 하나둘씩 정착하면서 새로운 '커피
메카'로 불리게 되었다. 하지만 강릉 커피는 그런 외부적
요인과 함께 간과할 수 없는 그 도시만이 가지는 내부적
요인이 합쳐진 것으로 봐야 할 듯싶다. 옛날부터 유명한
초당두부를 만들면서 콩을 갈던 솜씨가 커피콩 가는 솜씨로
응용될 수 있는 저변 문화가 있기 때문일 것이라는
추측을 해 본다.

합천 해인사 일주문 근처에서 차 문화원을 운영하는 해외파 바리스타 주인장은 가마솥을 사용해 직접 볶은 원두라고 하면서 덤으로 한 잔을 더 줬다. 그는 주방의 솥 온도를 충분히 올리지 못한 까닭에 원하는 맛을 제대로 얻지 못했노라고 아쉬워했다. 하지만 노천의 부뚜막에 솥을 걸고 참나무 장작불을 이용하여 '불 맛'을 더한다면 가능할 거라는 기대감을 숨기지 않았다.

하긴 원두 볶는 실력이나 옛날 할머니들의 깨 볶는 솜씨나 알고 보면 그게 그거라는 생각이 들었다. 그 시절에도 온도와 시간의 절묘한 조화가 깨의 고소함을 좌우하는 노하우였다. 참기름을 짜는 용도와 깨소금으로 사용하는 경우는 볶는 온도와 시간이 달랐다. 멀리서 소포로 부쳐 온 커피콩은 가게에서 마신 원두에 비해 항상 볶은 정도가 약했다. 미루어 보건대 커피 역시 바로 먹는 것과 오래 두고 마실 것은 가공법에 차이를 둔 것이 아닐까 싶다.

수입품 일색이던 커피콩 볶는 기계의 국산화에 성공한 기업도 원래 깨 볶는 기계를 만들던 회사였다. 전업의 계기는 간단했다. 고장 난 독일제 커피기계를 자체 기술로 고치다 보니 그리된 것이었다. 깨 볶는 원리나 커피 볶는 이치는 매한가지라 별다른 추가 기술이 필요하지 않았기 때문이다. 어쨌거나 결론은 깨 볶는 기계를 만든 아저씨는 커피콩 볶는 기계도 만들 수 있고, 깨를 잘 볶을 수 있는 아주머니라면 커피콩도 잘 볶을 수 있으며, 두부콩 맷돌을 잘 돌리는 할머니는 커피콩도 잘 갈 수 있다는 사실이다.

수도원의 커피처럼 차 역시 잠을 쫓는 효능에서 시작되었다.

절집에는 달마 대사와 차나무에 대한 전설이 전해 온다.

그 옛날 달마 대사가 참선을 하고 있는데 졸음이 쏟아지기

시작했다. 세상에서 가장 무거운 게 졸릴 때 눈꺼풀이라고

하더니 정말 그랬다. 참아도 참아도 도저히 어찌할 수가

없었다. 비몽사몽간에 이런 생각이 들었다.

"무거운 눈꺼풀을 떼낸다면 졸음이 오지 않을 것이다."

그리고 졸음을 이겨 내지 못하는 자신에게 너무 화가 나서

망설임 없이 눈꺼풀을 잘라 마당으로 던져 버렸다. 얼마 후 그

자리에서 새싹이 돋더니 이내 나무로 성장했다. 그리고 좁고

긴 푸른 잎이 나오기 시작했다. 혹시나 하고 그 잎을 따서 우려

마셨더니 잠이 확 달아났다. 이것이 차나무의 시원이다.

이후 천 년의 세월이 흘렀다. 그런데 제자들의 잠을 쫓아 주는

커피열매가 찻잎을 대신하여 그 자리에 주렁주렁 매달려 있는

것이 아닌가? 이를 본 달마 대사는 혀를 끌끌 찼다. 하지만

대세는 성인도 어찌할 수 없는 일인지라 꾹꾹 참아야 했다.

하긴 내심으로는 제자들이 그동안 나름대로 '절집 스타일'의

커피를 창조하려는 노력을 가상히 여기던 터였다.

2 7

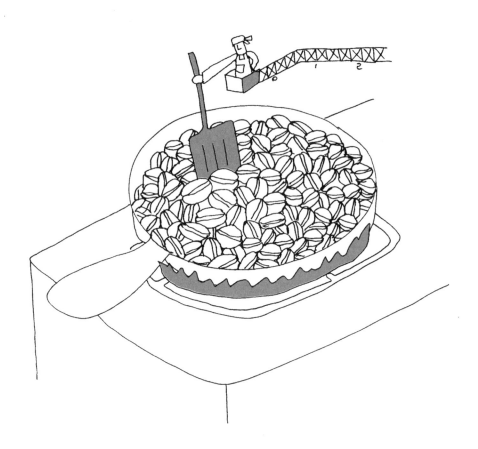

깨를 잘 볶을 수 있는
아주머니라면
커피콩도 잘 볶을 수 있으며,
깨 볶는 기계를 만든 아저씨는
커피콩 볶는 기계도 만들 수
있고, 두부콩 맷돌을
잘 돌리는 할머니는
커피콩도 잘 갈 수
있다. 한 가지를
진심으로 통하면
다른 일도
되는 것이다.

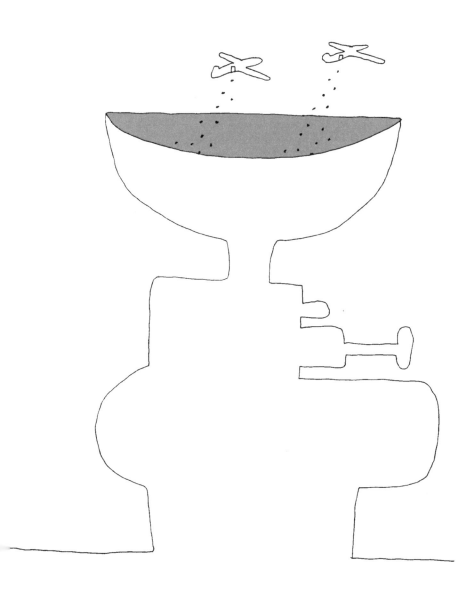

더운 날 시원하려면
끓는 가마솥으로
뛰어들라

동산 선사에게 어떤 납자가 물었다.

"더위가 닥쳐 오니 어떻게 피하리까?"

"무엇 때문에 더위가 없는 곳으로 가지 않느냐?"

"어디가 더위 없는 곳입니까?"

아닌 게 아니라 정말 덥다. 지구온난화 덕분인지 여름을 맞는
체감온도는 해마다 더 뜨거워지는 것 같다. 하긴 본래부터
'삼복더위'라고 했으니 더울 때가 되어 더운 것인데 사람들은
이를 무슨 새로운 사건이라도 일어난 것처럼 해마다
별스러운 일로 받아들인다. '무더위'라는 낮 시간대에 국한된
더위의 고전적 표현은 이제 '더워서 잠 못 이루는 밤'이라는
'열대야熱帶夜'로 이어졌다. 여름을 앞둔 일기예보의 으름장은

에어컨 수요를 더욱 부채질한다. 하지만 실내를 시원하게 만든 대가로 바깥 기온을 더 뜨겁게 만든다는 사실은 잊고 산다. 어쨌거나 더 큰일은 더운 것보다는 더워야 할 때 제대로 덥지 않은 일이다. 그건 재앙이다.

여름을 맞이하는 마음가짐에도 두 종류가 있다. 더위를 피하고자 하는 피서파避暑派가 있는가 하면 반대로 '이열치열以熱治熱'을 외치는 영서파(迎署派. 더위에 맞서고자 하는 부류)도 있기 마련이다. 사실 불교의 선종에서는 피서파가 아니라 영서파를 추구한다. 무정물인 연꽃은 더위를 즐기는 모양새다. 한창 더울 때 한반도 곳곳에서 연꽃 축제가 열리기 때문이다. 더위를 이겨 내는 당당한 자태는 보는 이로 하여금 더위조차 잊게 만든다. 굳이 분류하면 연꽃도 영서파에 속한다.

예전에 추운 정월 대보름날 미리 '더위 팔기'를 했다. 아침 일찍 아는 사람을 만났을 때 새빠르게 그 사람의 이름을 부른 뒤 "내 더위 사가거라."고 외치면 끝난다. 그 공덕으로 그 해는 더위를 먹지 않는다고 믿었다. 그렇다고 해서 상대방이 일방적으로 당해야 한다면 이건 불공평한 일이다. 모든 거래는 동등해야 하기 때문이다. '더위를 사라'는 말을 듣더라도 긍정하지 않고 도리어 '내 더위 먼저 사가라'고 반격하면 오히려 상대방의 더위까지 받아 오게 된다. 혹 떼려다가 혹 붙이는 셈이다. 이를 '학(謔, 농지거리)'이라고 이름 붙였다.

더위가 없는 곳은 없다. 성경에는 '땅이 있을 동안에 추위와

더위가 쉬지 않으리라'고 쓰여 있다. 이슬람의 금욕정진
기간인 '라마단'은 그 뜻이 '타는 듯한 더위'라고 한다. 더위를
수행으로 극복하자는 뜻이 깔려 있다. 정조대왕의 어록인
『일득록日得錄』에는 나름대로 성군다운 피서법이 나온다.
"더위를 물리치는 데 독서만큼 좋은 방법이 없다. 책을
읽으면 몸이 치우치거나 기울어지지 않고 마음을 다스리는
능력(主宰)이 생겨 바깥의 더운 기운(外氣)이 자연히 들어오지
못하게 된다." 독서삼매를 통하여 더위를 잊고자 하는 경지를
유감없이 보여 주고 있다.

어떤 납자가 노숙에게 물었다.

"날씨가 더우니 어디로 피해야 합니까?"

"끓는 기름가마 솥으로 피하라."

더 과격한 선어록의 표현을 빌리자면 '더운 날 시원하고
싶다면 화탕노탄火湯爐炭 속을 향해서 뛰어들라'고 했다. 화탕은
물이 펄펄 끓는 곳이고 노탄은 숯불이 벌겋게 불붙어 있는
상태를 말한다. 이 말에 대하여 무비 스님은 이렇게 해석했다.

"더위를 의식하고 사는 것 자체가 열렬하게 그 무엇인가에
마음을 쓰고 있지 않다는 증거이다. 일생을 던져도 아깝지
않은 일에 마음을 쓴다면 그까짓 더운 것이 뭐 그렇게 문제될
것이 있겠는가? 열심히 정진하면 더위도 잊는다. 덥다는
것은 제대로 정진하지 않는다는 말과 다르지 않다. 오히려
화탕노탄의 불처럼 치열하게 정진하라. 더위를 의식한다면
제대로 된 공부를 하는 사람이라고 하겠는가?"

『조당집』 5권 「운암」 편에는 동산 선사의 말을 인용하여
이렇게 주석을 붙이고 있다. "마치 어떤 사람이 화탕노탄
지옥에 들어가도 타거나 데이지 않아야 한다. 그런 상황에서도
평상심을 영원히 잃지 않을 수 있다면 어떤 곳에 있다고
할지라도 영원히 휴식을 얻게 된다."

그렇게 된다면 『이산연 선사 발원문』에서 말하는 '화탕지옥
끓는 물이 감로수로 변해지는' 것이다. 그래도 못 알아듣는
녀석들을 향하여 진정극문 선사는 "이 법문의 뜻을 그래도
모르겠거든 더위 속에서 그냥 여름을 보내라."고 비틀어서
질책하고 있다.

이 모든 시시비비에 대하여 목암법충 선사는 압권의 일갈을
남겼다.

더위가 닥치면 어떻게 피하리오?　署到來 如何廻避
피해서 무엇하리오.　　　　　　用廻避作麼生

금도
눈에 들어가면
병 된다

해인사를 다녀오는 길이었다. 단풍행락객들의 나들이와
겹쳐 길은 계속 막혔다. 지루함을 달래기 위해 라디오를
틀었다. 신청곡을 받으면서 몇 마디 수다를 주고받는
프로그램이었다. 결혼 5년차 새댁이라고 자신을 소개한 분이
왁스의 〈머니money〉를 신청했다. 대중가요는 보통사람의
정서를 잘 대변하는 영역이다. 물질만능 시대이긴 하지만
노래 제목에까지 '머니'가 노골적으로 등장하는 세태가
씁쓸했다. 하지만 첫 구절을 듣고서 안심했다. 거의 건전가요
수준이었다.
'뭐니 뭐니 해도 돈이 많으면 좋겠지만, 뭐니 뭐니 해도
마음이 예뻐야 남자지~.'

뭐니 뭐니 해도 머니가 최고라고들 한다. 선물 중에 가장 좋은 선물은 봉투라고 솔직하게 말하는 시대다. 하긴 괜히 필요 없는 선물이 될까 봐 걱정할 일 없고, 뭘 선물할까 고민하지 않아도 되니 여간 편한 게 아니다. 이런 심리를 비집고 요즘은 상품권이 최고의 선물로 등장했다. 말이 상품권이지 현금과 다를 바 없다. 하지만 뭔가 빠진 게 있다. 바로 정성이다. 그런 마음을 제대로 담지 못했기 때문에 금방 잊히는 것이 봉투선물의 한계이기도 하다.

모임에서 들은 '봉투' 이야기다. 시어머니에게 며느리가 봉투에 7만 원을 담아 드렸다. 시어머니가 받고서 '아들이 분명히 10만 원을 주었을 텐데 3만 원 배달사고가 난 것이 아닐까' 하고 며느리를 의심했다. 그래서 아들에게 전화를 했다. 눈치 빠른 아들이 전화를 받고 지혜롭게 대처했다. "아이고 어머니! 그러세요. 며느리가 2만 원을 더 보냈네요." 여자의 직감은 정확하다고 했다. 아들 말을 믿을 수는 없었지만 그렇다고 해서 믿지 않을 수도 없었다. 무엇이 진실인지 제3자로서는 알 수 없는 일이지만 아들의 입장에선 그렇게 말할 수밖에 없었을 것이다. 가정의 평화를 위한 순발력이었다. 삶의 지혜가 녹아 있는 '깨달음의 언어'인 셈이다.

순발력은 때와 장소를 가리지 않아야 한다. 일본의 에이사이 선사는 쌀쌀한 바람이 몰아치는 날 교토의 건인사建仁寺에 머물고 있었다. 때마침 구걸을 하고 있는 병들고 굶주린

낭인을 만나게 되었다. 하지만 선사 역시 가진 것이 없었다.
한참 궁리하던 끝에 그는 법당으로 들어갔다. 본당에 안치된
불상의 뒷면을 꾸며 주는 장엄물인 광배光背의 일부분을 잘라
"쌀을 사라."며 건넸다. 물론 광배의 재료는 금이다. 이튿날
사실을 알게 된 절집 식구들은 야단과 함께 비난을 쏟아 냈다.
하지만 선사는 아무 일도 없었다는 듯이 태연자약했다. 나눔은
때로는 커다란 용기가 필요한 법이다.

가끔 만나 함께 차를 마시는 지인은 '화장품에도 금을 넣고
술에도 금을 넣고 그것도 모자라 음식에도 금을 발라 주는
시대'를 개탄했다. 뭐든지 금만 들어가면 솜씨에 관계없이
일등품이 된다고 믿는 모양이다. 여의도 63빌딩의 빛바랜
금색 유리창을 모두 새 것으로 교체한다는 뉴스를 들었다.
황금빛으로 번쩍거리는 걸 좋아하는 심리는 영역을 가리지
않는다. 김치도 배추 값이 비싸면 '금치'라고 부른다. 같은
김치인데도 재료, 고추 값이 비쌀 때의 '금치'가 확실히 맛있는
걸 보면 사람 심리란 참으로 묘한 구석이 있는 것도 사실이다.
하지만 임제 선사는 이를 한마디로 일축했다.
'금가루가 아무리 귀하다고 해도 눈에 들어가면 병이
되느니라.'

너도 꽃이고
나도 꽃이고
우리 모두
꽃이다

눈 닿는 곳마다 떠나는 길마다 꽃천지다. '나도 꽃'이라며
연초록 잎사귀도 질세라 함께 다투어 피어난다. 푸른 산과
붉은 꽃이 어우러져 봄 세상은 그야말로 꽃대궐이다. 더불어
숨어 있던 우리 마음속 꽃잎 한 장까지 마침내 덩달아 활짝
피어오른다.

만화방창萬化方暢의 계절인지라 꽃으로 장엄된 호시절이다.
너도 꽃이고 나도 꽃이고 또 우리 모두가 함께 꽃이 되기
때문이다. 또 서울시청 앞의 탑등과 청계천의 잉어등 그리고
코엑스 근처 승과평의 수월관음등이 한지의 은은함과 단청의
화사함이 어우러진 꽃이 되어 봄밤을 아름답게 수놓고 있다.
낮에는 자연이 피운 꽃을 보고, 밤에는 사람이 피워 낸 꽃을

본다. 낮에도 꽃이고 밤에도 꽃이다. 천화千花와 만등萬燈의
모임이니 그대로 화엄세계가 되었다.

서울 사대문 안과 북촌에는 일만 등꽃이 피었다. 더불어 전국
방방곡곡에도 연등의 물결로 가득하다. 『고려사』에는 일만
개의 등불을 켰다는 기록이 보인다. 밀랍 다루는 솜씨가
부족하던 시절엔 촛농이 덜 흘러 내리라고 양초를 소금물에
담갔다가 잘 말린 뒤 사용했다고 했으니 그 정성은 오늘날
전깃불에 비할 바가 아니다.

고려 충선왕은 연등회 때 매일 2백 개의 연꽃등을 만들어 5일
동안 부처님께 올렸다고 했다. 나라의 안녕과 백성의 평안을
기원하고 더불어 정치가로서 그동안의 허물을 참회한다는
기도의 의미였다. 그렇다. 모든 등불에는 지위의 높고 낮음과
상관없이 크고 작은 소망이 함께 자리한다. 청계천 다리
난간에 매달려 있는 이름과 소원의 글은 보는 이로 하여금
함께 기도하게 만들어 준다.

북송 왕안석王安石의 봄맞이는 신선의 경지까지 승화시킨 것을
보여 준다. 그는 이맘때쯤이면 언제나 꽃그늘 아래쪽 마당을
깨끗하게 쓸었다. 그리고 그 위로 꽃잎이 떨어지길 기다렸다.
비질을 마친 정갈한 마당 위에 꽃잎이 쏟아지는 풍광을 즐긴
것이다. 한편으론 그 꽃잎 위에 행여나 흙이나 먼지가 날아와
더럽혀질까 봐 걱정했다. 하지만 꽃잎을 더럽힌 것은 먼지나
흙이 아니었다. 떨어져 있는 봄꽃을 아무렇지도 않게 밟고
지나가면서 따로 봄을 찾고 있는 상춘객들이었다. 그들의

뒷모습을 망연히 바라보고서 제대로 봄을 사랑할 줄 모르는
사람들이라는 내용의 〈춘원(春怨)〉이라는 시를 남겨 놓았다.

땅을 쓸고 꽃잎 떨어지기를 기다리나니
그 꽃잎 티끌 먼지에 더렵혀질까 안타까워라.
놀이꾼들은 봄 사랑이 모자라
그 꽃잎 지르밟고 봄 찾아 헤매누나.

掃地待花落　惜花輕著塵
遊人少春戀　踏花却尋春

꽃을 피우기 위해서는 인고의 시간이 필요하듯 등꽃을 피우기
위해서는 정성과 노고가 뒤따른다. 손톱 끝을 빨갛게 물들이며
연꽃잎을 비비고 밤새 눈 부비며 한지를 오려 붙이는

작업공간은 몇 달 몇 밤 동안 불이 꺼질 줄 모른다. 그렇게
오랜 시간 솜씨를 익히고 정성을 쌓은 것이 연등축제요,
만등의 모임이다.
사람들이 휘늘어진 꽃가지 밑을 거닐면서 꽃의 아름다움만
감탄할 때, 지혜로운 이는 꽃을 피우려는 뿌리의 고단함도
함께 살핀다.
꽃만 보고 뿌리를 잊어버리거나 연등만 보고 수고로움을
모르는 것은 또 다른 치우침일 것이다. 이제 그 어려움까지
읽혀지니 구경꾼처럼 마냥 감탄만 할 수 없는 위치가 되어 또
다른 '봄시름(春愁)'을 앓아야만 했다.
봄날은 모든 걸 새로 태어나게 한다. 성인들도 그러했다.

예루살렘에서 부활로 다시 태어나셨고, 백여 년 전 한반도
영광 땅에선 대각으로 거듭 나셨으며, 꽃비 날리는 룸비니
동산에서 2600년 전 내딛는 발끝에 일곱 송이 연꽃을
피우면서 우리 곁으로 오셨다. 기독교의 부활절과 원불교의
대각개교절, 그리고 부처님 오신 날이 모두 무르익은 봄날에
앞서거니 뒤서거니 사이좋게 모여 있는 것도 또 다른
조화와 화합을 주문하는 이 시대의 메시지로 읽힌다. 그래서
종로거리의 연등 축제는 우리 모두가 함께하는 세상인 것이다.

용은 날고 봉황이 춤을 추니 龍飛鳳舞
세계가 한 송이의 꽃이 되네. 世界一華

이름을
바꿀 수 없다면
인생을
바꾸어라

연등 축제가 시작되면서 서울시청 광장에 '화합과 상생相生의
등'이 불을 밝혔다. 청계천에 드리워진 은은한 연등은 주변의
현대적인 조명들과 나름대로 조화를 이루면서 제 빛을
내고 있다. '부처님 오신 날'을 맞이하여 국립중앙박물관에
소장되어 있는 황룡사 진신사리를 조계사로 이운하는
전통의식을 재현했다. 지금은 터만 남아 있는 황룡사는 당시
인구 100만 명의 대도시 경주에서 100년에 걸쳐 완성된
사찰이다. 특히 높이가 80미터에 가까웠다는 황룡사 구층탑은
신라의 랜드마크였다.

행사를 마치고 사무실로 돌아오니 우편물이 와 있었다. 겉봉에
쓰인 '황룡사'라는 절 이름이 낯설었다. 도심에 새로 지은

작은 포교당의 개원을 알리는 초청장이었기 때문이다. 규모와
역사성에서 서로 비교할 수 없는 차이에도 불구하고 젊고
호기 있는 납자가 감히 황룡사의 이름을 빌렸으니, 신라의
황룡사로서는 가히 흔쾌한 일은 아닐 것 같다.

원조 노틀담 성당은 프랑스 파리에 있다. 하지만 같은
이름으로 캐나다 몬트리올에도 있고 심지어 베트남
호치민에도 있다. 둘 다 프랑스 영향권에 있을 때 지어졌다.
모두 그 역사성과 규모가 만만찮아 그 지역의 대표
관광지로서 명성을 날리고 있다. 문수보살의 성지인 중국의
오대산과 한국의 오대산도 이름이 같다. 인도의 영축산과 양산
통도사의 영축산도 마찬가지다. 이런 경우들은 대개 유명세가
시너지 효과를 줄 뿐만 아니라 거리 역시 멀기 때문에 서로가
손해 볼 일은 없을 것이다.

부석사와 송광사는 두 군데의 같은 이름을 가진
전통사찰이라는 공통점을 가진다.

도반(道伴, 함께 도를 닦는 벗)이 살고 있는 절은 서산 부석사이다.
물론 무량수전 배흘림기둥으로 유명한 영주 부석사와 이름이
같다. 어느 날 누군가 초행길에 찾아왔다. '버스터미널에
도착했다'고 연락을 받았는데 아무리 기다려도 오지 않았다.
그래서 다시 전화를 했더니 '아직 영주 시내에 있다'라고
하더란다. 또 완주 송광사 역시 순천 송광사의 지명도에
가려져 결과적으로 그 규모와 역사에 걸맞지 않는 푸대접을
받고 있는 셈이다.

하지만 더 문제가 되는 것은 동명이인이다. 이는 생활 속에서 직접 부딪치는 불편함으로 드러나기 때문에 무정물無情物의 겹치는 이름과는 또 다른 측면이 있다. 충무공 이순신 장군 부하 중에도 동일한 이름을 가진 참모 이순신이 있었다. 그는 임진란 3등 공신으로 기록되어 있다. 전쟁터에 같이 살면서 서로 호칭을 어떻게 정리했는지 모르겠다.

알렉산더 대왕도 장군 시절 자기와 같은 이름을 가진 병사가 휘하에 있다는 사실을 알게 되었다. 병사 알렉산더는 말썽꾸러기인지라 장군의 이름에 누가 되었음은 말할 것도 없다. 그래서 직접 찾아가 만나 보니 듣던 바와 같았다. 결국 알렉산더 대왕은 화를 참지 못하고 큰소리로 말했다.

"병사는 두 가지 중에 하나를 선택하라. 네 이름을 바꾸든지 아니면 네 인생을 바꾸어라."

절집에서도 함께 살면서 같은 이름으로 인하여 일어나는 에피소드가 많다. 특히 법명은 선호하는 글자가 정해져 있기 때문에 겹칠 확률이 더 높다. 얼마 전에 있었던 일이다. 이름 있는 원로 스님께서 열반하셨다. 모 일간지에서 그 소식을 알리면서 같은 법명을 가진 중진스님 사진을 함께 실었다. 다음 날 사과 기사가 부랴부랴 실렸다. 그로 인하여 죽었다 살아난 스님은 한동안 '오래 살겠다'는 덕담 아닌 덕담을 들어야만 했다. 그래서 같은 이름으로 한 공간에 살 경우 주변에서 이를 구별하기 위한 수단으로 법명 앞에 상上과 하下 내지는 대大와 소少를 (법랍이 많거나 키가 클 때) 붙여서 그 불편함을

해결하곤 했다. 같이 살다 보면 나름대로 지혜가 나오기
마련이다. 설사 아무리 좋은 이름을 가졌다고 하더라도 다른
사람으로 하여금 같은 이름을 짓지 못하게 할 수는 없는
일이다.

몇 해 전 어느 언론사에서 확인한 대법원 자료에 따르면,
1945년생은 영수 835명 영자 9298명, 1975년생은 정훈
2286명 미영 9129명, 2005년은 민준 2046명 서연 3006명으로
집계되었다고 한다. 남녀의 선호하는 이름이 시대에 따라
유행을 타면서 조금씩 조금씩 세련되어 감을 한눈에 알 수
있다. 통계가 말해 주듯 이름이란 본래 겹치기 마련이다.
그런 줄 알고 살면 된다. 같은 이름이 많다는 것은 역으로
그것이 좋은 이름이라는 방증이기 때문이다. 또 이름보다
중요한 것은 '어떻게 사느냐'이다.

도시적 안목의
시골 사람,
시골 정서를 이해하는
도시인

몇 해 전 큰 절에서 여름수행학교 일을 거들고 있을 때 일이다.
십여 명의 젊은 대학생 자원봉사자들은 산사에 머무니
정말 좋다고 하면서 소매를 걷어붙이고 열심히 일을 도와
주었다. 여름방학이 반쯤 지날 무렵, 몇 명이 '갇힌 것 같은
느낌'이라는 푸념을 늘어놓았다. 그날은 더위를 피해 온 피서
인파로 경내가 북적이고 있었다.
"산이 얼마나 좋으면 저렇게 전국에서 사람들이 몰려올까?
여기서 살고 있는 우리는 얼마나 행복하니?"
하지만 입을 삐죽거리면서 되돌아온 답변은 그게 아니었다.
"아이스크림과 피자가 먹고 싶어요. 그런데 여기는 없잖아요."
그 말이 마음에 걸려 프로그램이 없는 날을 이용하여

두 시간을 달려 인근에서 가장 큰 도시로 함께 나갔다.
아이스크림과 피자는 물론 유명 커피 집까지 들른 탓에
밤늦게 사찰로 돌아왔다.

바야흐로 도시화 시대이다. 전통적으로 사세를 자랑하던
산중의 큰 절들은 다소 정체되어 있는 반면 수도권에 있는
조계사 용주사 봉선사 등의 사격은 눈에 띄게 달라지고 있다.
개발로 인하여 도시 사찰과 지방 사찰의 땅값이 현격한
차이를 보일 수밖에 없다. 심지어 사람들은 조용하고 청정함을
선호할 것 같은 실버타운이나 납골당, 수목장조차도 도시
인근에 위치한 곳을 찾는다. 그래서 풍수계에서도 '좌청룡
우백호'가 아니라 '좌버스 우택시가 진짜 명당'이라는
우스갯소리가 나올 지경이다. 교통 접근성이 무엇보다도
좋아야 한다는 것을 돌려 말한 것이다.

누군가 인류의 역사는 도시의 역사라고 했다. 도시
예찬론자들은 인간이 만든 최고의 걸작이 도시라고도 평했다.
사막 한가운데 어느 날 갑자기 만들어진 인공도시는 말할
것도 없고, 천만 명 이상 모여 사는 자연발생적 거대 도시가
세계 곳곳에 자리하고 있다. 우리나라 역시 인구의 절반인
2천만 명이 수도권에 모여 살고 있다. 그것도 모자라 홍콩이나
싱가포르는 아예 도시국가를 표방하고 나섰다. 이들 나라는 전
국토가 도시인 셈이다.

최근 인근의 지방자치단체끼리 합하자는 바람이 불고 있는데
이는 광역도시권으로서 인구 백만 명이라는 조건을 밑자락에

깔고 있는 시도이다. 자발적인 통합 움직임이라는 점에서
바람직한 면도 있지만 도시와 도시의 통합으로 몸집불리기가
더 큰 목적인 듯하다.

그러나 도시가 아무리 좋다고 해도 농촌의 존재를 전제로 할
때만 존립할 수 있다. 도시빌딩 옥상에 인공 흙과 함께 풀 꽃
나무를 이용하여 공원을 만드는 일은 가능할지 몰라도 논밭
역할까지 맡길 수는 없다. 그리고 설사 도시국가라고 할지라도
인근 국가의 농산물 없이 홀로 존재할 수 없다. 먹을거리
생산까지 그 공간이 해결해 주는 것은 아니기 때문이다.

그럼에도 도시가 농촌을 바라보는 시각과 시골이 도시에
기대하는 관심은 서로 일치하지 않는 것 같다. 농협 축협
수협마저도 도시민을 대상으로 움직일 수밖에 없는 '생산 및
소비인구 태부족'이라는 근본적 한계를 극복하기란 참으로
쉽지 않은 일이다.

사실 일부 우국지사憂國之士의 귀농까지 대부분 실패한
까닭은 도시적 시각으로 시골을 바라보았기 때문일 것이다.
시골을 생활과 결합한 농가 공간이 아니라 이미지로 구성된
별장공간으로 생각한 까닭이다. 곳곳에서 귀농 정착율을
높이기 위한 새로운 형태의 공동체를 만들어 보자는 실험이
현재도 진행 중이다. 지리산 실상사 인근의 인드라망
생명공동체는 남원의 농촌 인구를 늘리고 있다는 구체적인
통계치가 나타난 까닭에 그나마 성공적인 징후를 보이고 있긴
하다.

이제 대세는 도시적 안목을 가진 시골사람, 시골적 정서를
이해하는 도시 사람을 필요로 하는 시대가 되었다. 도시문화의
꽃이라고 하는 금융투자시장에서 이름을 날린 '시골의사'
박경철 씨나 '평택촌놈' 정오영 씨는 이 시대에 시골이
불편하지 않고 도시가 어색하지 않은 '도농불이都農不二의
이상적 인간형'으로 거론되는 인물이다. 어쩌면 그들이 21세기
대안인간인지 모른다. 하지만 아직은 너무 희귀해서 모범
사례로 응용이 불가능한 모델이다.

도시와 농촌이 함께 어우러진 시대에 실천 가능한 일상적인
'도농불이 인간형'은 과연 어떤 모습일까, 하는 화두를 붙들고
불편한 시골과 복잡한 도시를 오가야만 하는 이들에게
다시 던져 본다.

비움과
받아들임이
만든
영혼의 맛

일 때문에 읍내에 나갔다가 점심 무렵 인근 암자에 들렀다.
밥상에 봄동 겉절이가 올라왔다. 눈과 코 등 오감五感이 동시에
거기로 향했다. 맛있는 게 사방에 널려 있는 세상이건만
소박한 맛이 주는 감동은 그 어떤 화려한 음식도 따라갈 수
없다. 봄동 겉절이는 잔설이 드문드문 남아 있는 이른 봄날
텃밭에 나가서 줍듯이 소쿠리에 담은 후 별다른 솜씨를
더하지 않고서도 후딱 만들어 낼 수 있는 음식이다. 흔한
듯하면서도 귀한 그 맛은 마음까지 풍요롭게 만들어 주는 말
그대로 '솔 푸드soul food'였다.
봄동은 늦게 파종한 배추다. 하지만 보통 배추와 달리 속을
채우지 못한 채 밭에서 겨울을 보낸다. 잎 역시 쫙 퍼진 상태로

땅바닥을 기어가는 모양새다. 맛과 냄새도 배추라고만 할 수
없는 또 다른 향미가 있다. 배추이면서 배추가 아닌 불이不二의
경지라고나 할까. 이는 자기를 고집하지 않고 주변 환경에
따라 스스로 변화하는 여유로움을 통해 도리어 자기를 더욱
부각시키는 역설의 아름다움까지 보여 준다.

며칠 전엔 오솔길 끝에 숨은 듯 자리한 음식점에서 식탁
위에 놓여 있는 '다쿠앙'을 만났다. 흔히 접하던 무에 물만
들인 노란 단무지가 아니었다. 꼬들꼬들하게 약간 마른 듯한,
단단한 겨울무로 제대로 만든 것이었다. 옛 맛을 그대로
간직한 솔 푸드였다. 쌀겨 속에서 노랗게 물이 들면서
익어가던 그 풍경까지 아련하게 떠올랐다. 섬세한 성정의
안주인은 그런 나의 표정을 읽었는지 다상茶床을
파할 무렵 작은 반찬통을 건네 주었다. 다쿠앙 선물이었다.

다쿠앙은 절집에서 유래했다. 일본 도쿄의 동해사에 어느 날
도쿠가와 막부의 이에미쓰 장군이 찾아왔다. 절에 머물던
다쿠앙 선사는 산해진미에 이골이 난 장군을 위해 단무지를
준비했다. 장군은 그 담백한 맛에 흠뻑 반했다. 그는 식사
후 이 노란 무를 선사의 이름을 따 '다쿠앙'으로 부르자고
제안했다. 단순한 맛이 오히려 복잡한 사람을 감동시킨 힘이
된 것이다.

'봄동'이란 이름은 누가 붙였는지 알 수 없지만 작명 실력이
이에미쓰 장군보다 한 수 위다. 봄은 우리말 '봄'이고, 동은
한자어로 겨울인 '동冬'일 것이다. 봄나물을 상징하는 쑥이나

냉이는 겨울과의 단절을 전제로 한다. 겨울을 버려야만 얻을
수 있는 나물이다. 하지만 절기란 두부 자르듯 나눠지는 게
아니다. 겨울은 봄을 안고 봄은 겨울을 안으면서 서로가
서로를 거두어 주는 가운데 서서히 조금씩 바뀌는 것이다.
그런 이치를 아는 중도中道적 안목을 지닌 어떤 이가
'봄동'이라고 지었을 것이다. 그래서 봄동은 봄이라고 해서
결코 겨울을 버릴 수 없는 몸이 됐다. 그 덕분에 겨울과 봄을
포섭하는 두 가지 맛을 가진 사실까지 모두 알게 되었다.
봄동 겉절이는 겨울을 지났음에도 잎은 거칠지 않고
부드러웠다. 자비심을 가득 안고 모진 추위와 더불어 살았기
때문이리라. 설한雪寒을 물리쳐야 할 대상으로 본 게 아니라
같이 즐긴 것이다. 만약 봄까지 살아남겠다는 각오로 이를
악물고 겨울과 다투듯 버텼다면 그 잎은 매우 질겼을 것이다.
그랬다면 봄이 열 번 온다 한들 누가 거들떠보기나 하겠는가.
자비심은 스스로를 부드럽게 가꾼다. 더불어 밥상머리에 앉은
사람들의 표정까지도 환하게 바꿔 준다.
어쨌거나 그런 솔 푸드를 만난다는 건 그 자체로 살아가는
즐거움이다.

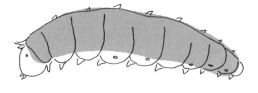

봄은 우리말 '봄'이고, 동은
한자어로 겨울인 '동冬'일
것이다. 봄나물을 상징하는
쑥이나 냉이는 겨울과의
단절을 전제로 한다.
겨울을 버려야만 얻을 수 있는
나물이다. 하지만 절기란
두부 자르듯 나눠지는 게 아니다.
겨울은 봄을 안고
봄은 겨울을 안으면서 서로가
서로를 거두어 주는 가운데
서서히 조금씩 바뀌는 것이다.
그래서 봄동은 봄이라고
해서 결코 겨울을 버릴 수 없는
몸이 됐다. 그 덕분에 겨울과
봄을 포섭하는 두 가지
맛을 가지게 되었다. **5 8**

이 세상
엄마는
모두
바보다

합천 해인사 사하촌 향우회는 올 추석에 고향 방문을
환영하는 알림글을 내걸었다. 지역을 빛낸 인물인 성철 스님의
탄신 100주년 기념전이 열린다는 현수막도 함께 펄럭였다.
두 현수막이 한 공간에서 어우러진 걸 보면서 비로소
'제2의 고향'에 도착한 걸 실감했다. 가만히 돌이켜보니 이
지역에 주민등록을 둔 지도 벌써 몇 십 년이 됐다. 지금은
무덤덤해졌지만 추석 무렵이면 나타나곤 했던 '서늘한
가슴'을 다스리느라고 한동안 애를 먹었던 기억이 있다. 이
무렵에 입산했기 때문에 나타나던 일종의 추석증후군이었다.
출가 수행자들의 드라마틱한 이야기를 담은

『영원에서 영원으로』라는 회고록이 최근 나왔다. 성철 스님의
유일한 혈육인 불필 스님이 생생했던 기억을 정리했다. 그동안
제3자들에 의해 구전口傳된 내용을 제대로 확인할 수 있는
1차 자료였기에 한 장 한 장 꼼꼼하게 읽었다.
가족사인 동시에 근대 100년사였고 또 현대불교사이기도
했다. 한가위 무렵이라 그런지 많은 이야기 속에서 특히
가족사 부분은 흡인력이 강했다.
불필 스님은 '이 세상 엄마는 모두 바보다'라고 단언한다.
그 이유는 불필 스님의 엄마가 "3년 만에 도를 깨치고
돌아오겠다." 는 딸의 말만 믿고 진짜로 기다렸기 때문이다.
정작 당사자인 딸은 출가 이후 집으로 돌아간다는 생각은
꿈에도 해 본 적이 없는데 말이다. 나 역시 절에 온 지 10년쯤
되던 어느 날 모친에게서 "이제 그마이 해 봤으니 집에 오면
안 되긋나?"하는 말을 들었다. 아마 모르긴 해도 가출(?)
하면서 내가 그런 언질을 했던 모양이다. 말한 사람은
애당초 지킬 생각이 없기에 말한 사실조차 까마득히 잊고
있는데, 들은 사람은 지켜야 할 약속처럼 기억하고 있는 이런
이중적인 대화가 세상에 또 있을까.
성철 스님의 어머니 역시 "10년 후에 돌아오겠다."며 집 나간
아들 말을 액면 그대로 믿었던 모양이다. 하지만 20년이
지나도록 무소식인 자식에게 물어 물어 찾아갈 때는 천생
어머니 모습 그대로였다. 먹을 것과 입을 것을 챙기던 모습은
감히 범접할 수 없는 성스러움마저 풍겼다고 이 책은 전한다.

어머니는 준비한 물건을 절 앞에 있는 바위에 올려 놓고 산
아래로 내려간 뒤 한참 후 다시 올라와 바위 위가 깨끗하면
아들인 성철 스님이 가져간 걸로 생각하고 기쁘게 돌아갔다.
그러나 올려 놓은 물건이 널브러져 있으면 어찌나 마음이
아픈지 앞이 캄캄해 하늘과 땅마저 분간되지 않았다고 했다.
어느 해엔 금강산까지 찾아갔다. 하지만 며느리가 전해 달라고
맡긴 편지는 아들의 불같은 성격을 아는 까닭에 내밀지도
못하고 발길을 돌렸다. 집이 가까워지자 어머니는 며느리에
대한 미안함에 눈물이 왈칵 쏟아졌고 더 이상 걸음을 옮길
수조차 없었다고 한다.

절집의 '바보엄마' 역사는 결코 짧지 않다. 당나라 동산양개
선사는 어머니를 하직하는 글인 '사친서辭親書'를 남겼다.

'아들은 이미 출가했으니 이제 없는 자식처럼 여기시라'는
내용이었다. 하지만 어머니는 아들 뜻은 아랑곳없이 당신
스타일대로 답장을 했다.

"자유포모지의子有抛母之意나 낭무사자지심娘無捨子之心이라."
자식은 어미를 버릴 수 있지만 어미는 자식을 버릴 마음이
없구나. 이 세상 엄마는 모두 바보다. 자식을 지극히 사랑하는
바보다

친한 물
싫은 물,
그 모호한
경계

명당의 기본인 배산임수의 터를 서울에서 찾는다면 가장 먼저
손꼽히는 곳이 한남동이다. 남산을 등 뒤로 하고 한강수를
마주한 곳이기 때문이다. 그런 까닭에 가끔 잊을 만하면
부촌에 살고 있는 이름 있는 이웃끼리 강물 조망권으로 인한
사소한 다툼이 언론의 한 귀퉁이를 차지하곤 한다. 이는
풍수에서 물을 재물로 보는 것과 무관하지 않을 것이라고
동양학자 조용헌 씨는 진단했다.
풍수에선 또 물을 길로 본다. 그래서 '물길'이라고 부른다.
물길은 유통의 길이며 또 소통의 길이다. 모두가 함께하는
길이다. 이 물길은 '친한 물[親水]'이 전제되어야 한다. 한강의
일부 시멘트 절벽 앞에 선 것처럼 누구나 편안하게 다가갈

수 있는 물이 아니면 강물의 존재 가치는 반감되기 마련이다.
경부운하를 만든다고 했을 때 큰 저항에 부딪친 것도
생태파괴 및 오염의 가속화로 인하여 '싫은 물'이 될 것이라고
생각하는 사람들이 많았기 때문일 것이다. 그래서 4대강
사업은 유난히 친수화親水化를 강조하는 것 같다.
장마 때 홍수는 집 안의 유리창을 통해서 보거나 멀리 언덕
위에서 우산을 쓰고 흙탕물일 때 바라보아야 제격이다. 물의
과다 역시 가까이 접근할 수 없기에 친한 물이 될 수 없는
것이다. 물과 나 사이에 뭔가 벽이 있다. 과도한 바닷물인
쓰나미는 해안 주민들을 긴장시킨다. 이를 주제로 한 영화
〈해운대〉가 인기를 끈 것은 스크린으로만 바라보기 때문이다.
반대로 오아시스 물은 너무 귀해서 경건하기까지 하다. 그리고
주변의 넓고 긴 사막 때문에 쉬이 다가갈 수도 없다. 싫은 물은
아니지만 쉬운 물이 아닌 까닭에 친한 물이 될 수 없는 것이다.
뭐든지 지나치거나 모자라면 문제가 된다.
강변의 아파트에 사는 주부들 중에 우울증이 많다는 의학
보고서나 강가나 바닷가에 있는 절에 머물려고 온 스님들이
습기나 염기를 이겨 내지 못하고 얼마 지나지 않아 다시
걸망을 싸는 일이 흔한 것도 결국 스스로 친한 물로 만들어
내지 못한 자기 허물 때문이다. 물은 그대로 물일 뿐이다.
하지만 느끼는 물은 개인마다 상황마다 달라지기 마련이다.
그러나 자연적인 물길에 만족하지 못하고 좀 더 적극적인
의지로 인공적인 물길을 만들어 무관계한 물을 친한 물로

끌어들이고자 하는 시도는 동서양을 막론하고 그 사례가
적지 않았다. 6세기 무렵 수나라 양제는 북경에서 항주까지
1800km에 이르는 경항운하京杭運河를 팠다. 조선 태종은
용산에서 남대문까지 운하를 파자는 건의에 대해 '우리나라
땅은 모래와 돌이어서 물이 머물러 있지 못하므로 중국을 본
따 운하를 팔 수 없다'고『태종실록』에서 잘라 말하고 있다.
운하를 파는 것이 친한 물이 되게 할 수 있다고 믿는 황제와
그냥 두는 것이 오히려 친한 물로 남겨 둘 수 있다는 임금의
상반된 태도는 오늘날 우리에게 여전히 각각의 모습으로
되살아나 오랜 시간 마찰음을 일으켰던 것이다.
한 걸음 더 나아가 인류는 한 줄기 운하에 그치지 않고 여러
운하로 겹겹이 이어진 몇 개의 운하도시를 세계문화유산으로
남겨 놓았다. 유명한 이탈리아 베네치아는 13세기 무렵에
현재의 모습이 갖추어졌고, 러시아의 상트페테르부르크는
17세기 피터 대제에 의해 완성되었다. 두 도시 모두 백여
개의 섬과 섬 사이를 5백 여 개의 다리로 이어 놓았고 또
그 사이사이 물길을 따라 집을 지었고, 집들이 모여 도시를
이루었다. 맨땅을 파서 없던 물길을 만든 것이 아니라 물 위에
다시 물길을 낸 것이다.
작은 배로 이동하는 베네치아의 경이로움만큼이나 차를
움직이며 다리를 건너 다니는 상트페테르부르크 역시
그 못지않은 감동을 준다. 전자가 물은 물로써 친할 수 있다는
것을 보여 준 반면에 후자는 물이 땅으로 인하여 친해질

수 있음을 보여 준 것이다. 그래서 지자요수智者樂水라고 한
모양이다.

치수治水란 싫은 물을 친한 물로 바꿀 수도 있지만 잘못하면
역으로 친하던 물을 싫은 물로 만들어 버릴 위험성을 동시에
가지고 있는 두 얼굴이다. 물을 잘 다스리면 부자가 되지만
물을 잘못 다스리면 사람도 잃고 돈도 잃는다. 물 정책은
성공하면 피터 대제처럼 성군이 되지만 반대로 실패하면
수나라 양제처럼 폭군으로 평가 받게 되는 양날의 칼과 같다.
오늘도 조계사 일주문 앞 뙤약볕 아래에는 4대강의
인공적 개발을 반대하는 천막이 뜨거운 열기를 뿜고 있고,
국정홍보채널은 그림같이 시원하고 푸른 성공한 강물 모습을
연일 비춰 주고 있다.

드러냄과 감춤,
때를 아는
중요한 살림살이

가을자락을 채 거두기도 전에 가야산은 이미 말없이 겨울
초입을 향하고 있다. 올해는 무서리도 제대로 없이 얼음부터
먼저 왔다. 널브러진 낙엽들은 할 일을 마친 탓에 더없이
가벼운 모습으로 바람 따라 이리저리 뒹굴더니 이내 발 끝
아래에서 바스락거린다. 그 소리를 귀로 들으며 곱게 물든
나뭇잎의 지난날을 눈앞에 떠올리는 건 결코 별스러운 일이
아니다. 아직까지 가을 잔영이 마음에 그대로 있는 까닭이다.
어쨌거나 때를 알고서 줄일 것은 줄이고 남길 것은 남겨 놓은
산의 '민낯'은 이 시절만의 또 다른 아름다움을 보여 준다.
사람도 마찬가지다. 꾸민 얼굴은 꾸민 만큼의 아름다움이
있고, 맨얼굴은 수수한 아름다움이 있다.

늘 꾸미고 있을 순 없지만 그렇다고 해서 항상 민낯만으로
살 수 없는 게 세상살이다. 시기를 놓친 과도한 화장도
실례지만, 때에 맞지 않는 민낯도 결례이긴 마찬가지다.
가려야 할 때는 가리고 드러내야 할 때는 드러내야 한다.
'거울도 안 보는 여자 / 외로운 여자'라는 대중가요 가사도
있듯이 늘 피하려고 든다면 외로움은 각오할 일이다.
그렇다고 해서 뭐든 드러내려 한다면 남의 눈에 헤픈 이로
비칠 수도 있다. 어쨌거나 지나치게 폐쇄적이거나 과도하게
망가지는 건 중도中道에서 벗어나는 길이므로 신중하게
수위를 적당히 조절할 일이다.
군인들이 제대로 된 화장법으로 자기 얼굴을 가린다면
전쟁터에서 총알을 피할 수 있을 것이다. 야구선수들
눈 밑에 그려 놓은 검은 칠은 초스피드로 날아드는 공을
제대로 판별할 수 있도록 도와 준다. 둘 다 얼굴빛의 반사를
막아 주는 기능 덕분이다. 마임 배우들의 과도한 흰 화장은
극의 재미를 더해 준다. 빛을 확장하는 효과가 있기 때문에
미묘한 표정의 변화를 먼발치에서도 읽을 수 있도록 배려한
것이다. 세상사가 그렇다. 가령 취업이나 승진에 필요한
스펙은 알맞게 쌓아야겠지만, 마냥 몸의 살을 덜어 내려고만
하는 과도한 다이어트는 건강을 해치기 마련이다.
이처럼 드러냄과 감춤의 미학은 영역을 가리지 않는
또 다른 살림살이다.
자연과 달리 인간은 일본식으로 표현하면 속마음인

'혼네(本音)'와 겉모습인 '다테마에(建前)'가 수시로 교차하기
마련이다. 따라서 밖으로 나타나는 행동은 속마음과 일치하지
않는 경우가 많다. '감정노동자'인 서비스업에 종사하는
이들에게 이런 괴리감은 더욱 심하다. 언젠가 단체여행을 간
적이 있다. 무리한 여행 일정에 지쳐 사람들 모두 통제 불능의
상태에 빠져 여행 가이드에게 불평불만이 향했다.
그때 여행 가이드는 단호하게 "저는 뒤끝 있는
사람입니다."라고 대응했다. 어수선한 분위기는 그의
지혜로움에 일거에 반전이 됐다. 누구나 겉모습인 미소
속에는 속마음인 '뒤끝'이 함께하는 법이다.
하루가 저물어 갈 무렵 휑한 자리에 서서 먼 산을 바라본다.
화려했던 겉모습의 금강산도 군더더기를 털어 버린 채

조금씩 속 모습을 드러내고 있으리라. 그 이름마저도 분위기에
걸맞게 겨울엔 개골산(皆骨山)으로 바뀐다. 이런 날 누군가
운문 선사에게 "나뭇잎이 시들어 바람에 떨어지면 어떻게
되느냐."고 물었다. 이건 운문 선사의 대답이다.
"체로금풍(體露 金風)이니라. 나무는 있는 모습을 그대로 드러낼
것이고(體露), 천지엔 가을바람(金風)만 가득하겠지."

부지런함이
번뇌를
쓸어버리다

일본에서 가장 큰 목조 법당을 자랑하는 동대사를 방문했다.
절 입구에서 우리 일행을 강아지처럼 살갑게 반겨 준 것은
많은 사슴 무리였다. 사슴의 본래 주인은 인근에 있는 유명한
춘일대사(春日大社)다. 이 신사는 나라(奈良, 614-720) 시대를
주름잡던 후지와라 가문의 흔적이 고스란히 남아 있는
성소이기도 하다. 후지와라 집안은 당시 천왕에게 딸을 시집
보낼 만큼 세도가였다. 간토 지방에서 가장 오래된 카시마
신궁에서 분사(分祀)한 그 집안의 조상신을 사슴의 등에 태우고
간사이(關西)의 이 자리로 모셔 왔다고 한다. 그 공로로 인하여
이후 번식한 사슴들의 후손까지 천 년 이상 융숭한 대접을
받았고 지금도 국가 천연기념물로 보호되고 있다.

예로부터 이 지역 주민들은 매우 부지런한 것으로 소문이
자자했다. 특히 아침 일찍 일어나 문 앞의 길부터 깨끗이
쓸었다. 물론 사슴 똥을 치우기 위한 것이 주목적이었다.
당대는 말할 것도 없고 천 년 후인 에도(江戸, 1603-1867)
시대까지도 사슴을 죽인 사람은 엄벌에 처했다고 한다. 그래서
주민들은 본의 아니게 사슴을 모시고 살 수 밖에 없었다.
집 앞에 혹여 자연사한 사슴이라도 쓰러져 있는 날이면
화들짝 놀라는 일이 비일비재했다. 오해로 인하여 생길지도
모르는 화를 피하기 위해 재빨리 다른 집 앞으로 옮겨 놓는
것이 제일 쉬운 방법이었다. 결국 사슴 사체는 돌고 돌아
마지막엔 그때까지 자고 있던 가장 게으른 집 문 앞에 옮겨져
있기 마련이었다. 마지막 집 주인에게는 참으로 억울한
일이지만 그렇다고 해서 그 책임마저 피할 수 있는 것은
아니었다. 늦게 일어난 허물 때문에 발생하는 봉변을 당하지
않기 위해서라도 꼭두새벽에 일어나 집 앞길부터 살피는
것으로 마을 사람들의 하루 일과는 시작되었다.
어쨌거나 쓸고 닦고 청결히 한다면 많은 재물이 들어온다고
했다. '소지황금출(掃地黄金出)'이 그냥 나온 축문이 아니다.
손님이 많은 가게는 하나같이 화장실이 깨끗한 연유이기도
하다. 사슴이 주민을 일찍 일어나도록 만들었고 그로 인하여
마을이 깨끗해졌다. 결과적으로 집 앞길을 쓸어 오던 청정
전통이 오늘날 많은 관광객을 불러오는 부자 마을의 바탕이
된 것이다. 알고 보면 이것도 사슴의 공덕이다.

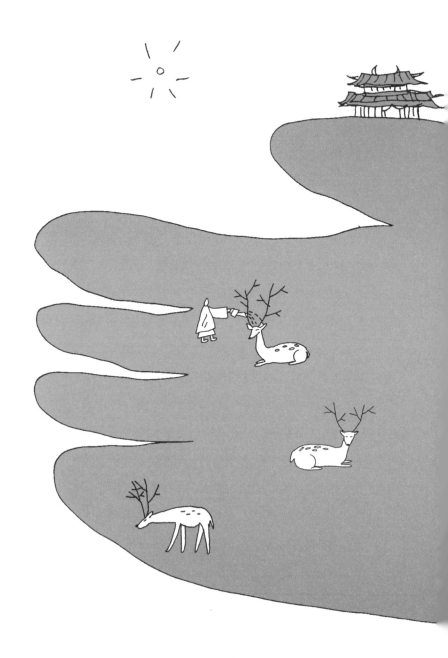

사슴 똥을 치우기 위해 마을
사람들은 일찍 일어나
대문 앞을 쓸었다.
부지런하고 청정한 전통이
오늘날 관광객을 부르는
부자 마을의 바탕이 되었다.
쓸고 닦고 청결히 한다면
많은 재물이 들어온다고도
하잖은가.
길 청소는 도를 닦는 일이다.
그러니 마음이 어수선할
때는 우선 주변 청소부터
시작할 일이다.

길 청소는 '도(道) 닦는' 일이다.

붓다의 제자 송추(誦箒, 주리반특가)는 두 글자로 된 짧은

단어조차 앞의 글자를 외우면 뒷글자를 잊어버리는 둔재였다.

그가 택한 수행법은 결국 마당 쓸기였다. 빗자루질의

반복으로 마침내 잡념까지 제거되는 체험이 뒤따라 왔다.

그러니 마음이 어수선할 때는 우선 주변 청소부터

시작할 일이다.

'꽃보다 할배'가 되려면 책을 읽어야 한다

기상청에서 '가을철 기상전망'을 내놓았다. "올가을은 짧겠습니다. 9월 중순까지 계속 늦더위가 이어지다가 본격적인 겨울이 되기 전에 이른 추위가 예상됩니다." 가을과 봄이 짧아지고 여름과 겨울이 길어졌다. 지구 환경 변화 탓이다. 종종 날씨를 인간사에 빗대기도 하는데, 가만보면 그 변화에 맞춰 인생의 여름과 겨울도 길어졌다. 여름에 비유할 수 있는 청년기가 늘어나고 겨울에 비유될 수 있는 노년기가 늘어난 까닭이다. 아가씨 같은 아줌마, 아줌마 같은 할머니, 청년 같은 아저씨, 아저씨 같은 할아버지를 주변에서 흔히 만날 수 있다. '동안童顔'은 남녀를 불문하고 이 시대의 트렌드가 되었다.

여름과 겨울 사이에 가을이 있는 것처럼 청년기와 노령기
사이에는 중년기가 있다. 가을이 짧은 것처럼 중년기도 참으로
짧다. 늘 여름인 줄 알고 청년기인 것처럼 살았는데 어느새
인생의 겨울인 초로가 눈앞에 있어 깜짝 놀라는 것이 평범한
사람들의 일생이다. 결혼이 늦어지는 것도 중년기가 짧아지는
원인이다. 어쨌거나 계절의 흐름을 읽듯 인생의 흐름도 읽을
줄 알아야 한다. 짧은 가을이지만 그래도 겨울 준비를 위한
시간으로는 결코 모자라지 않는다. 또 아무리 여름과 겨울이
길다고 해도 여름에서 바로 겨울로 갈 수는 없는 법이다.
꼭 가을을 거쳐 가야 한다. 계절과 계절 사이의 틈새를
'간절기'라고 하며, 계절과 계절이 바뀌는 기간을 '환절기'라고
부른다. 환절기란 말에 식상했는지 이즈음은 간절기라는 말도
많이 쓰인다.

단어가 풍성해지는 것은 언어의 다양성 측면에서 좋은 일이다.
간절기와 환절기가 좋은 것은 더위 속에서도 추위를 볼 줄
아는 지혜를 발휘하는 계절이기 때문이다. 짙푸른 잎 속에서
단풍잎을 발견하는 혜안을 필요로 하는 시절인 까닭이다.
여름 속에서 겨울을 보는 '중도中道'적 시각이 요청되는
기간이다. 그래서 지혜로운 사람은 간절기에 추위와 더위라는
양변을 보는 것이다. 따라서 더위도 더위 속에 매몰되지
않으며, 추위도 추위 속에 갇히지 않는다. '여름 모피, 겨울
냉장고'라는 '역逆 시즌 마케팅'처럼 여름에도 겨울을,
겨울에도 여름을 준비하는 여유가 있다.

간절기는 길지 않지만 준비 시간으로는 충분하다.

인생의 환절기는 사추기思秋期다. 여름을 끝내고 겨울이 오기 전 가을처럼 짧은 기간이기도 하다. 사추기는 '점심을 먹고 난 뒤 커피 한잔을 마시는 시간'에 비유할 수 있다.

즉 한 호흡 고르면서 다음을 준비하는 시간인 까닭이다. 이는 변신을 의미한다. 오전과는 다른 오후의 새로운 내 모습을 준비하는 까닭이다. 하지만 이전과 다른 모습으로 자기를 리모델링하려고 해도 주변 여건은 '커피를 마시는 것처럼' 그리 호락호락하지 않다. 도시생활을 청산하고 전원생활을 꿈꾸면서 '귀향 귀촌'을 가족들에게 조심스럽게 꺼내 들면 "혼자 가세요."라는 싸늘한 대꾸가 돌아오기 마련이다.

마음과는 달리 주변 여건은 변화를 용납하지 않는다. 결국 외형적인 변화보다는 내면적인 변화를 통해서 자기를 바꾸어야 한다는 결론을 내릴 수밖에 없다.

마음을 젊게 만드는 일은 녹서뿐이다. 젊은 마음이란 사고의 유연성과 탄력성을 갖추는 일이다. 늙은 마음이란 변화를 싫어하고 완고해 가는 것을 말한다. IT업계의 정상에 오른 스티브 잡스도 늘 청바지차림으로 살았다. 젊은 생각을 추구하려는 방편이다. 동시에 인문학 독서를 강조했다. 그런 그였기에 '소크라테스와 식사를 하며 오후를 함께 보낼 수 있다면 애플이 가진 모든 기술과 바꾸겠다'고 할 수 있는 이다. 인문학 속에 환절기인 '사추기 변신'에 대한 해답이 있다고 믿었다. 철학자에게 그 '변신'을 위한 해답을 듣고 싶은 까닭이다. 붓다는 "출신에 의해 천인이 되는 것도 아니요 귀족이 되는 것도 아니다. 그가 하는 행위에 의해 천한 사람이 되기도 하고 귀한 사람이 되기도 한다."고 했다. 사추기를 어떻게 보내느냐에 따라 인생 후반기가 귀한 사람이 되기도 하고 천한 사람이 되기도 한다는 말씀으로 들린다. 인생 후반기를 노년기로 만들 수도 있고 '회춘기回春期'로 만들 수도 있다. 사추기를 잘 보내면 회춘기가 되겠지만 잘못 보내면 노년기가 되는 법이다. '꽃보다 할배'가 되려면 책을 읽어야 한다. 그런 까닭에 칠십대의 진평공에게 젊은 사광이 건의한 말이 『법원주림』에 나온다.

"날이 저물어도 촛불을 켜기 마련입니다. 신臣이 듣건대 소년의 배움은 해뜰 때의 별빛과 같고, 장년의 배움은 한낮의 햇빛과 같으며, 노년의 배움은 촛불의 밝음과 같다고 했습니다. 촛불이 밝은데 어두움이 어찌 함께하겠습니까?" 그렇다! 자기의 내면세계를 밝히기 위한 지름길은 독서뿐이다. 인문학의 대중화에 적지 않는 기여를 한 정민 선생은 『오직 독서뿐』이란 책 서문에 이런 말을 남겼다. "책 읽기를 통해서만 우리의 삶을 구원할 수 있다. 책만 읽으면 될까? 된다. 어떻게? 그 답은 옛 선인들이 이미 친절하게 모두 말해 두었다. 책 안에 원하는 대답이 있다." 결국 고전이다. 어떻게 읽을 것인가? 다독과 낭독이다. 좋은 책 한 권을 골라 소리 내어 반복해서 읽는 방법이다. 이것이 인생의 사추기이며 간절기인 가을을 행복하게 만드는

비결이다. 그렇다면 올가을에는 한 번 밖에 읽지 못한 『오직
독서뿐』이란 책을 다시 잡고서 소리 내어 몇 번 읽으면서 나의
독서습관을 점검해야겠다.

우리가 사는 세상은 인토忍土,
본래 참지 않고는 살 수 없는
땅이다. 한 단계 낮추어
감인堪忍이라는 완곡한
표현도 사용했다.
참지 못할 고통이 없는
땅인 까닭이다.
이 세상은 내가 감당할 수
있는 괴로움이 적당히 있기
때문에 그런대로 살 만한
곳이라는 의미다.

올겨울에도 '보온이냐?
통풍이냐?' 해묵은 과제를
붙들고 씨름해야 할 것 같다.
등산복 광고처럼
보온도 되고 통풍도 되는
'고어텍스 문'을 만난다면
이 모순을 일거에
해결할 수 있을 터이다.

2

죽어도 좋고 살면 더 좋고

매화 한 송이가
전하는 화두

누비옷을 벗었다. 2월인지라 아직 겨울이지만 성급한 봄의
기운을 먼저 만난 까닭이다. 예전에 어떤 성미 급한 이는
앉아서 꽃이 피길 기다릴 것이 아니라 꽃피는 곳까지 먼저
찾아가겠다고 길을 나섰다. 하지만 신발바닥이 닳도록
헤매도 봄을 찾지 못하고 결국 지쳐 돌아오게 되었다. 마당에
들어서면서 축 처져 있던 고개를 드니 담벼락에 매화가
환하게 웃고 있었다는 그 오래된 일을 떠올렸다.
설중매는 추위 속에서도 봄을 알려 주는 선지자 꽃이다.
그래서 예로부터 지혜로운 이는 매화를 좋아했다. 혹여 그
매화가 피는 곳이 두 지역을 동시에 아우른다면 그 의미는
겹으로 살아나게 된다.

가야산을 경계로 경남과 경북이 맞닿아 있는 성주 수륜면의
회연서원에는 백매원(百梅園)이란 정원이 유명했다고 전한다.
한강(寒岡) 정구(鄭逑) 선비가 두 지역을 이어 주는 길목에 초당을
짓고서 매화 백 그루를 심은 후 백매헌(百梅軒)이란 현판을
내건 것에서 연유한다. 현재 인근의 종가댁도 '마을 한가운데
있는 매화나무 집'이라는 뜻의 중매택(中梅宅)으로 불린다.
근처에 한강대(寒岡臺)도 있다. 인걸은 가도 흔적은 남는 법이다.
임진년에는 고향 땅에 소장된 책들을 삼재(三災, 물, 불, 바람으로
인한 재앙)가 들어오지 않는다는 해인사로 옮겨 전란을 피하도록
했다. 유교와 불교를 넘나드는 그의 합리적이고 여유 있는
안목이 더해진 까닭이다.

초당에 어느 날 친구 최영경이 찾아왔다. 마침 주인장은
출타 중이었다. 이때다 싶어 객은 하인에게 도끼를 달라고
청하였다. 그리고 사정없이 백 그루의 매화나무를 찍어
버렸다. 이유는 군더더기 없이 간단하다. 추위가 이미 지난
후에 피는 춘매(春梅)였기 때문이다. 한매(寒梅)만이 매화라고 이름
붙일 수 있다는 꼬장꼬장한 그의 기질 탓이었다. 사실 겨울
속의 매화이기에 매화는 매화로서의 의미를 지닌다. 다른
꽃들과 함께 피는 매화는 이미 매화로서의 역할을 상실했다는
것이 그의 행동에 대한 정당성의 근거였다.
'남쪽 가지에는 꽃이 피었는데 북쪽 가지에는 꽃이 피지
않았다.(南枝開花 北枝未開)'는 고사성어는 중국의 대유령(大庾嶺)이
무대이다. 말할 것도 없이 주어는 매화다. 그래서

매령梅嶺이라고도 불렀다. 이 고개를 경계로 춥고 따뜻한
기후가 확연히 구분된 까닭이다. 동시에 그곳에서 겨울 끝 봄
시작임을 알리는 매화의 두 계절성과 양 지역성이 절묘하게
이중적으로 투영된 결과이기도 하다. 대유령은 호남성,
강서성과 광동성의 경계이다. 우리 식으로 말하면 삼도봉 아니
삼도령三道嶺인 셈이다.

중국의 매령은 고려와 조선시대의 문인들 글에도 심심찮게
등장한다. 이규보는 '추위 덮인 유령庾嶺에 언 입술 터져도
/ 연지와 분으로 천진天眞을 잃지 않았네. (……중략……) 눈을
맞고도 천 송이 눈으로 또 단장하고 / 앞질러 봄을 한 번
꾸미네'라고 했고, 김시습도 '한쪽 가지는 시들고 마르는데 /
다른 가지에는 꽃이 피는구나'라고 했다

두 가지를 함께 보는 그들의 기질처럼 매화를 빌려 와 겨울과
봄의 양쪽을 같이 생각하도록 만들어 준 탁월한 균형 감각을
유감없이 보여 주고 있다. 유명한 대유령 매화는 나옹 선사가
관리 이제현에게 보낸 편지에도 나온다. '일전에 대유령
매화를 올리면서……'

물론 '헌화가'처럼 꽃을 올렸다는 말이 아니다. 대유령에서
육조혜능 선사가 말한 '어떤 것이 너의 본래 모습인가'하는
화두를 매화라고 표현했던 것이다. 사족을 단다면, 그에게
지난번에 준 '본래면목本來面目' 화두를 가지고 참선 잘하고
있느냐고 에둘러 물어 본 것이다.

아름다운 봄날, 매화 피는 것을 보면서 현재 우리 사회에

건건마다 대립각을 세우고 있는 좌左와 우右가 함께 살 수 있는 지혜로운 중용의 눈을 뜨는 계기로 삼아야 할 것이다. 거기서 한 걸음 더 나아가 '나는 누구인가' 하는 의문까지 동시에 던져 자기의 본래 모습도 함께 살펴야 할 시절이다.

죽어도 좋고,
살면 더
좋고

정동길은 덕수궁 돌담길을 휘돌아 감으면서 백여 년 된
근대문화유산이 여기저기 자리를 잡고 있는 운치 있는 문화의
거리이다. 해질 무렵 그 길을 걸었다. 떨어진 나뭇잎들이
걸음을 옮길 때마다 발끝에 채였다. 도심도 조락周落의
계절임을 비로소 느끼게 된다. 가을바람은 나무들로 하여금
불필요한 것을 모두 털어 내게 만든다. 그리고 스스로
가지치기까지 마친다. 운문 선사는 이런 풍광을 보고
체로금풍體露金風이라고 했다. 하지만 그 잎은 떨어져 다시
뿌리로 돌아간다. 낙엽귀근落葉歸根이다. 이렇게 자연은
순리대로 돌고 돌기 마련이다. 인간사 역시 그러할 것이다.
산중노덕(山中老德. 지금의 원로스님)의 기일忌日이 유독 가을철에

몰려 있는 것도 이런 가르침을 몸소 보여 주신 것이라 여겼다.
삶과 죽음 역시 순환의 과정임을 '서산에 해가 지면 동녘에
달이 뜬다'라고 고인들은 에둘러 노래했다.

정동길 끝자락의 오래되지 않은 붉은 벽돌 건물에서
생명평화를 위한 모임이 있었다. 불을 끄고 생태환경을 주제로
한 슬라이드를 한참 돌리고 있는데 휴대폰의 진동은 빛과
함께 몇 마디 문자를 토해 냈다. 도반 스님의 임종을 알리는
소식이었다. 순간 떠오르는 한마디.

"죽어도 좋고, 살면 더 좋고."

그는 수행 생활을 하면서 늘 크고 작은 일 앞에서 결단이
필요할 때마다 습관처럼 농담처럼 이 말을 곧잘 내뱉곤 했다.

선방을 전전하던 선객답게 현실문제도 늘 백척간두에서
한 걸음 더 내딛는 마음으로 실타래같이 꼬여 가는 번뇌를
일거에 해결하곤 했다.

오십이 채 안 된 나이지만 이미 영단은 흰 국화로 꾸며져
있었다. 붉은 철쭉꽃을 배경으로 엷은 미소를 짓고 있는,
실제보다 십 년은 젊어 보이는 영정의 표정은 죽었다는
사실조차 잠시 망각하게 만들었다. 문상을 마치고 마당으로
나서니 즐비한 조화弔花의 꼬리표 가운데 적혀 있는
한마디에 눈길이 머물렀다.

'달은 져도 하늘을 여의지 않는다.'

하지만 임종한 그를 위한 언어가 아니라 그 앞을 오가는
살아있는 사람을 위로하기 위한 말로 들렸다.

여타의 상투적인 문구는 보낸 사람의 이름자가 더 크게
보였다.

해인사에 살 때 일이다. 어느 가을날 입적한 노승의 조문객
행렬이 끊어진 틈을 이용해 방명록을 뒤적거렸다. 한마디
한마디가 모두 선시禪詩였다. 그 가운데 누군가 검은 먹물의
유려한 필체로 써내려 간 구절은 지금도 기억에 생생하다.
'안광낙지眼光落地하니 천지실색天地失色이라.'
형형하던 눈빛이 땅에 떨어지니 하늘과 땅도 제 빛을
잃었다고 했다. 선지식이 열반에 드니 삼라만상 모두가
슬퍼한다는 절절한 조가弔歌였기 때문이다.

성묵 스님은 키가 컸고 목소리는 늘 괄괄했다. 선방에서 조는
이의 등짝을 사정없이 내리치는 죽비에는 늘 힘이 가득했다.
함께 개성과 금강산도 다녀왔고 중국 사천성 아미산도 같이
순례했다. 꼭대기의 금정에서 산 입구의 청음각까지,
그 길고 험한 길도 며칠 동안 함께 걸었다.

서울광장 시국법회 때도 연단에 선 그의 모습은 의연했다.
하지만 겨우 두 달 뒤 열린 대구 두류공원의 '성시화 운동
주도 공직자 명단공개 및 거부운동' 선언 광장에서 그의
모습은 찾을 수가 없었다. 타고 남은 건 항아리에 담긴
한 줌의 재뿐이었다. 어디로 갔을까? 예나 지금이나 참으로
궁금한 일이다. 그러나 돌아서면 천년만년 살 것처럼
모두가 잊어버리는 낯선 영역이기도 하다.

이 문제에 대하여 송나라 시대에 이루어진 제자와 스승이

나눈 소박한 문답이 절집에 전해져 온다.

"죽은 후에는 어디로 갑니까?"

"불 꺼진 뒤에 남아 있는 한 줄기 띠풀이니라."

그저 다비 후에 눈에 보이는 대로 아무런 꾸밈없이 한마디 내뱉은 말이지만 또 다른 달관의 경지를 보여 준다. 그저 이렇게 왔다가 이렇게 갔을 뿐인데 보낸 이들의 머릿속은 여전히 어지럽고 마음 한편은 저림과 함께 허전해 온다.

"나를 아는 사람들이 모두 이 세상을 떠난 뒤에 죽어야겠군."

오는 길에 혼자 이렇게 중얼거렸다. 가당치도 않은 말이지만 그래야만 나로 인하여 어느 누구도 가슴 아픈 사람이 없을 것 같기 때문이다. 밤늦게 숙소에 도착했다. 어둔 밤에 불을 켜니 그가 선물한 난분이 그 모습 그대로 나를 맞아 주었다.

"죽어도 좋고, 살면 더 좋고."
그는 수행 생활을 하면서
늘 크고 작은 일 앞에서
결단이 필요할 때마다
농담처럼 이 말을 내뱉곤 했다.
선방을 전전하던 선객답게
현실문제도 늘 백척간두에서
한 걸음 더 내딛는 마음으로
실타래같이 꼬여가는
번뇌를 일거에 해결하곤
했다.

경유차와
휘발유차,
들기름과
참기름

기름값 때문에 야단났다. 도처에서 아우성이다. 프랑스 어민은
고깃배를 항구에 묶었고, 영국 운전사는 트레일러를 길가에
세웠으며, 자카르타 택시기사도 운행을 중단했다고 외신은
전한다. 기름 한 방울 나지 않는 우리나라도 예외일 수는 없다.
공사장의 덤프트럭이 고유가로 인하여 수지타산을 맞출 수
없어 서 버렸다. 화물용 트럭은 말할 것도 없고 서민생계용
1톤짜리 포터와 아파트 단지에 세워 둔 승용차도 움직이지
않는다고 덧붙였다. 호떡가게에 불난 정도의 호들갑 수준이
아니라 그야말로 온 세상이 불타는 집(三界火宅)이 되어 버린
것에서 나오는 비명이다.
더 놀랄 일은 경유값이 휘발유값과 같거나 일부 지역은

앞질렀다는 사실이다. 만약 참기름과 들기름 값이 같아졌다면
더 고급인 참기름을 먹으면 된다. 물론 참기름을 써야 할
요리가 있고 들기름을 사용해야 할 경우가 있다. 하지만
바꾸어 사용한다고 해도 그렇게 요리 내용이나 혹은 먹는
사람에게 치명적이지는 않다. 하지만 이건 다르다. 경유차는
경유차고 휘발유차는 휘발유차다. 구조가 다르기 때문에
바꾸어 넣을 수도 없다. 경유가 연비가 높다는 사실만이
유일한 위로이다.

소형차로 장거리를 가야 할 일이 생겼다. 사실 안전문제 등
여러 가지 이유로 내심 걱정이 되었다. 빗속에서 커브를
돌 때마다 약간 미끄러지는 느낌을 떨쳐 버릴 순 없지만
염려했던 것보다는 편안했다. 옆자리에 앉은 만만찮은 몸집의
도반도 '보기보다는 차 안이 넓어 전혀 불편하지 않다'고
비위를 맞춰 주었다. 그런데 더 놀라운 사실을 발견하게
되었다. 나 스스로 운전을 아주 조신하게 하고 있었다. 작은
차가 사람을 겸손하게 만들어 준 셈이다. '자리가 사람을
만들어 준다'고 하더니 운전석도 그랬다.

지프를 몰면 대부분의 운전자가 사막의 전쟁터에 있는 양
저절로 운전을 거칠게 한다고 한다. 한술 더 뜨는 건 대형차
운전자다. 버스 혹은 대형트럭 기사의 난폭 운전 때문에 운전
중에 이런저런 낭패를 경험한 소형차 운전자가 적지 않다.
높고 큰 자리에 앉으면 누구나 교만해지기 마련이다.
율장에서는 '높고 넓고 화려한 자리에 앉지 말라'고 했다.

고급 승용차도 마찬가지다. 좋은 차는 타는 사람을 거만하게 만든다. '하심(下心, 마음낮춤)'과 '섬김'을 생활화해야 하는 종교인이 화려하고 비싼 자리에 앉아 있으니 남들의 눈살이 찌푸려질 수밖에 없다. 설사 앉을 수 있더라도 앉지 말아야 할 자리인 셈이다.

얼마 전 한 공중파 방송의 시사 프로그램에서 고급승용차 소유 문제로 종교인들이 여론의 질타를 받았다. 어쩌다 보니 소형차 타는 것 자체가 종교인의 이미지를 높이는 시대가 되어 버렸다.『삼국유사』에는 당시 '잘나가던' 경흥 국사가 화려하게 꾸민 큰 말을 타고 다니며 위세를 부리다가 미륵보살에게 딱 걸려 '극락행 명단에서 이름을 지워 버리겠다'는 소리를 듣는 기록까지 나온다. 그 이야기를 하며 도반과 나는 만일 우리가 미륵보살을 만난다면 칭찬받을 일 밖에 없다며 웃었다.

고속도로 주유소에 들어서니 유난히 먼저 가격표가 눈에 들어왔다. 첫 줄의 휘발유와 둘째 줄의 경유 값이 거의 비슷하게 적혀 있었다. 사람 심리란 참으로 묘한 것이다. 그 덕분에 휘발유 넣는 돈이 덜 아깝다는 생각이 들었다. 아마 늘 타고 다니던 경유차를 타고 나왔더라면 억울한 생각이 들었을지도 모른다.

목적지에 도착했다. 그곳 주인장이 소형차에서 내리는 우리를 한참 바라보더니 약간 감동스런 표정을 지으면서 한마디 했다. "담박하고 검소하신 스님 모습이 참으로 보기 좋습니다."

사실 부득이한 사정으로 경유차 대신 소형차를 가지고
나왔다. 소형차는 사찰 업무용이었는데 이제 필요 없게 된
까닭에 차량 중계상인에게 팔아 달라고 탁송하던 도중에
잠깐 볼일이 있어 겸사겸사 이용한 것이었다. 그런데 이런
저간의 사정을 알 리 없는 낯선 사람에게 '검소함'을 찬탄하는
말을 본의 아니게 듣게 된 것이다. 그런 분위기에서 '이 차는
세컨드 카입니다'라고 말할 수는 없었다. 그래서 순발력 있게
고상하고 품위 있는 언어로 둘러댔다.
"설사 능력이 있더라도 작은 차를 타는 것은 절제의
미학이라고 생각합니다."

어디인들
햇빛이 비추지
않는 곳은
없다

흰 눈이 꽤 쌓였다. 설핏설핏 몇 번 스치듯 지나가더니 이번엔
제대로 야무지게 내린다. 절 마당을 가로지르며 새겨진
발자국은 이내 사라진다. 새벽녘에 보이는 눈의 부피라고
해봐야 장명등 불빛 면적에 불과하지만 쌓이는 양은 이
세상의 크기 만큼이다. 지난 한 해의 이런저런 묵은 것들을
모두 덮어 버리고 새롭게 시작하라고 하얀 여백을 만들어
주는 것이리라. 앞으로 무엇을 어떻게 그리느냐 하는 것은
전적으로 화가인 우리 몫이다.

어느 화가의 작업실로 사용하던 자리에 얼마 전부터 인연이
닿아 머물고 있는 인근의 도반 암자로 송년모임 삼아 마실을
갔다. 차로 한 시간 남짓한 거리다. 이미 예술가의 손길을

거쳤고, 이후에 스님의 만만찮은 미감까지 더해진 공간이다.
특히 눈 내리는 날은 넓은 창문을 통해 바깥 경치를 바라보며
차를 마시기에 제격이다. 큰 길의 눈은 바퀴가 닿는 곳만
녹아 있었지만 그래도 몇 가구가 옹기종기 모여 있는 동네와
겹쳐진 암자 입구 샛길은 비질이 끝난 상태였다. 도시의
큰절에서 주지를 할 때는 일찍 배달된 조간신문조차 제대로
볼 수 없었던 쫓기는 삶이었노라고 했다. 이제 느지막이
집배원이 갖다 주는 신문을 펼쳐 놓고 느긋하게 읽을 수 있는
현재의 여유로움을 더 사랑한다는 그의 말에 참으로 공감했다.
오는 길에 '차갑게 즐겨라. 뜨겁게 놀아라'는 유명 스키장의
광고문을 단 버스는 눈도 제대로 치우지 않은 대로를
미끄러지듯 내달렸다.

아무리 조심해도 갈 때마다 한 번 정도는 미끄러져
엉덩방아를 찧기 마련인 설산 속리산 천왕봉에 올랐다.
산등성이 언 눈 위에 다시 눈이 쌓이기를 이미 몇 번 반복한
상태였다. 이 눈이 녹아 한강이 되고 금강이 되고 낙동강이
된다는 삼파수三波水 구역은 샘솟는 물이 전혀 없다. 그럼에도
좋은 물을 찾아다니는 동호인들에게는 '별스러운' 성지다.
같은 하늘에서 동일한 모양의 흰 눈으로 떨어져 겨울 내내 언
채로 빙하처럼 엉겨 붙어 함께 있다가, 이듬해 봄날 녹으면서
흐르는 방향에 따라 전혀 다른 이름을 가진다는 이 경이로운
사실 앞에, 발길을 멈추고서 무형의 '명천名泉'을 바라보며
한참 동안 서 있었다.

새해 아침에 많은 순례객들이 이 봉우리를 찾아올 것이다.
『화엄경』에는 '해가 동녘에 떠오르면 가장 높은 상봉을 제일
먼저 비추고, 이어서 고원지대를 비추며, 그런 연후에야
일체대지 평야를 비춘다. 그렇다고 해서 태양이 차별하는
마음을 가진 것은 아니다'라고 했다. 어느 곳인들 해가
뜨지 않고 어딘들 해가 비추지 않으리오마는 보통사람들은
새해 첫날이기 때문에 높은 산으로 동해바다로 모여드는
풍속도를 만들었다. 해가 가장 빨리 혹은 가장 아름답게
뜬다는 관광지역과 일출명소 사찰들의 안내문을 접하는 것도
이맘때면 흔한 일이다.

변산 월명암의 학명은 '그냥 흘러갈 뿐인 시간을 굳이
묵은해니 새해니 하면서 애써 구별하고 싶지 않다'는
초연하면서도 약간 시들마른 듯한 송년시를 남겼다. 하지만

이런 스님에게 교토 원각사에 머물렀던 소오엔은 '나는 이제
묵은해를 보내지만 그대는 새해를 맞이하소서'라는 연하장을
보내왔다. 어쨌거나 새해라고 너무 유난스럽게 떠드는
것도 문제지만 그렇다고 해서 '그날이 그날'이라는 지나친
무덤덤함 역시 일상의 소소한 재미를 스스로 덜어 내는
일이다. 그래서 저장성에 살았던 경청 선사는 평범하지만 더
가슴에 와 닿는 신년사를 남겼다.

'새해 아침 복을 여니 만물 모두가 새롭구나.(元正啓祚萬物咸新)'

내가 감당할
괴로움이 있으니
그런대로
살 만한 세상

'까치설날'인 신정에는 해맞이를 가고, '우리 설날'인 구정에는
세배를 간다. 해맞이는 약간의 노력만 더한다면 함께하고
싶은 이들과 갈 수 있다. 하지만 세배는 피하고 싶은 경우에도
의무감으로 가야만 한다. 같은 설날이지만 신·구에는 이런
차이가 있다. 말없는 해는 모두에게 편안하지만 유정有情한
인간은 누구에게나 편할 수가 없는 까닭이다.
그런 이들이 명절에 템플스테이를 하러 오기도 한다. 그들은
사찰에서만큼은 '화려한 싱글'이다. 집에 가봐야 친인척들에게
'왜 결혼 안 하느냐?'는 반복된 지청구를 듣는 일이 너무
힘들어 해마다 피신 오는 것이다. 혈연이 모인 자리에서는
듣기 싫은 말도 들어야 하고, 덮어 두었던 생채기까지 들추는

일도 더러 생기기 마련이다. 아무리 가족이라 할지라도 피하고 싶은 상황까지 만나야 하는 것은 괴로운 일이다. 이래저래 명절이라는 즐거움 뒤에 싱글만이 감내해야 할 심리적 고통은 해가 지날수록 부피가 더해졌다.

설 연휴로 상처받은 싱글은 일상으로 돌아온 후에도 피인지사避人之士를 꿈꾼다. '코드'가 맞는 자리에만 어울리겠다고 다짐한다. 마음에 드는 이도 다 못 보고 사는데, 싫은 사람까지 보고 살아야 할 이유가 없는 까닭이라고 자기합리화도 해 본다. 한술 더 떠서 피세지사避世之士는 더욱 좋은 일이라고 찬양한다. 그리하여 이 세상과 무관하게 지내면서 내가 할 수 있는, 그리고 좋아하는 일만 하고 살겠다는 결심을 굳힌다.

그 싱글은 얼마 전에 출간된 『인생을 낭비한 죄』라는 책을 읽었다. 인간관계에 지쳐 피인避人과 피세避世를 꿈꾸는 어떤 스님 이야기에 눈길이 멈췄다. 어느 날 문득 누구를 보든지 '저 사람이 내가 마지막으로 만나는 사람이 될지도 모른다'는 구절에 이르러 필이 꽂혔다. "사실 매일 만나야 하는 사람들이지만 상대방은 큰 맘 먹고 멀리서 온 경우가 대부분이다. 물론 그날 이후로 두 번 다시 찾아오지 않는 경우도 많다. 알고 보니 똑같은 수없는 사람이 아니라 한 사람 한 사람이 전혀 다른 새사람이라는 사실을 발견한 것이다. 또 나 자신도 언제 이슬처럼 이 세상에서 사라질지 알 수 없는 일이다. 따라서 언제든지 누구나 내 인생의 '마지막 사람'인 것이다." 아! 정말 그렇구나. 그 자리에서 책장을 덮었다.

공자의 롤모델인 주공은 머리를 감다가 세 번 머리카락을 쥐고서(握) 뛰어나왔고, 밥을 먹다가 세 번 뱉고서(吐) 쫓아 나왔다고 한다. 그 이유는 목욕 중에 세 차례 누군가 찾아왔고, 식사 도중에도 세 차례 볼일로 찾아왔기 때문이다. 그때마다 젖은 수건을 머리에 감고, 또 젓가락질을 멈추고 사람 맞는 것을 마다하지 않았다. 이런 그를 흠모해 후인들은 '삼토삼악三吐三握'이라는 사자성어로 영원히 기억했다.

어쨌거나 우리가 사는 세상은 인토忍土라고 했다. 본래 참지 않고는 살 수 없는 땅이다. 한 단계 낮추어 감인堪忍이라는 완곡한 표현도 사용했다. 참지 못할 고통이 없는 땅인 까닭이다. 이 세상은 내가 감당할 수 있는 괴로움이 적당히 있기 때문에 그런대로 살 만한 곳이라는 의미가 된다. 그렇다. 현실이 만족스럽지 못하다고 해서 피인과 피세가 결코 해답이 될 수 없는 일이다.

적게 먹고
바쁘게 일하는
식소사번의
삶

'언제부턴가 나는 2월 말이 지나가는 것이 두렵게 느껴지기
시작했다. 올해는 봄이 오지 않을 수도 있을 것 같은 두려움
때문이다. (……) 나는 어떤 확신에 도달해 있는데 이대로
가다가는 틀림없이 어느 해인가에는 봄이 오지 않을 것이라는
예감이다.'
건축가 정기용 선생이 10여 년 전 어느 사보에 남겼던 글의
서두이다. 결국 선생은 올해 봄을 맞이하지 못하고 3월 중순
세상을 떠났다. 식소사번食少事煩이란 말이 참으로 어울리는
삶이었다. 삼국지에서 제갈공명이 많은 일을 하는 것에 비해
너무 적게 먹었다는 고사에서 유래한 말이다. 몸을 돌보지
않고 바쁘게 일한다는 의미였는데, 비틀기를 좋아하는 뒷날

사람들에 의해 '생기는 것도 없이 일만 많다'는 냉소적인
뜻으로 바뀌어 사용되었다. 그 말처럼 일만 많고 돈 안 되는
설계는 늘 정기용 선생의 몫이었다. 주변의 넉넉지 못한
이들이 큰맘 먹고 내 집을 짓겠다는 그 희망을 뿌리치지
못하는 성정 때문이었다. 별로 실속 없는 실상사 일과 '신新
해인사' 계획 역시 소매를 걷어붙이고 거들어 주신 것도
그랬다.

지난해 가을에 건축기행을 주제로 한 어설픈 책을 출판하면서
서문을 부탁드렸다. 한참 뜸을 들인 후 원고가 도착했다.
놀랍게도 만만찮은 부피의 전편을 처음부터 끝까지 줄
그어가며 완독한 후 정리한 평론 같은 장문의 머리말이었다.
이것만 읽어도 본문을 더 이상 볼 필요가 없을 만큼 치밀하고

탄탄한 구성이었다. 뭐든지 허투루 하는 법이 없는 선생의
성격이 유감없이 드러났다.

언젠가 유럽으로 함께 건축여행을 떠나는 호사를 누렸다.
그 여행이 만족스러웠는지 '근사하다'는 감탄사를 일정
내내 입에 달고 다녔다. 그런데 파리에서 거대한 볼거리인
노트르담 성당 앞을 그냥 지나치는 것이었다. 모두의 기대를
저버리고 선생이 우리 일행을 끌고 간 곳은 2차 대전 당시
포로수용소에서 희생된 사람들을 위한 '별로 볼 것도 없는'
반 지하 건물이었다. 땅 밑으로 꺼져 있는 계단을 내려갔더니
자그마한 틈으로 어둠이 스며 들면서 그 끝자리가 나타났다.
이곳에서 죽은 자들의 낙서와 산 자들의 버거움이 함께하는

공간으로 남은 곳이었다. 가로로 길게 뚫린 창문 너머로 강물이 보였다. 한쪽 벽에 새긴 '용서하자. 그러나 잊지는 말자'는 원문을 진지하고도 엄숙한 표정으로 독백처럼 읽어 주었다. 그때 느낌은 기록을 남긴 자들의 언어가 아니라 해방둥이로서 냉전시대를 온몸으로 살아온 당신 세대를 향한 위로와 다짐의 언어처럼 들려왔다.

부고를 받은 이튿날 여명 무렵 빈소를 찾았다. 곡조가 유려하고 청아한 도반 스님과 함께 염불을 해 드렸다. 아침의 고요함 속에서 목탁소리는 더욱 진중하게 내 귓속으로 되울려 왔다.

영정 앞에는 성경책이 펼쳐져 있었다. 마지막 날 새벽에도 달려가서 한글 아미타경을 읽어 드렸다. 독경이 끝날 무렵 기독교식 발인이 시작되었다. '무신론자(?)'로서는 조금 불편한 자리였지만 애도하는 마음이 더 컸기에 개의치 않고 자리를 지켰다.

마지막으로 고인의 애창곡 〈봄날은 간다〉를 유족과 동료, 지인, 제자들이 함께 불러 주었고 '꽃이 지면 같이 울던' 흐느낌 속에서, 두 손 모아 기도했다. "하실 일이 많이 남아 있으니 빨리 이 세상으로 다시 오시라."고.

알뜰한 그 맹세에 봄날은 이렇게 오고 있었다.

쓸데없다고
버리지 않고 필요하다고
구하지 않는다

개구리도 겨울잠에서 깨어난다는 경칩을 지나면서 호시절을
맞춘 봄비가 이틀 동안 길게 내렸다. 빙판 아래 숨죽여 겨우
흐르던 물소리가 골짜기마다 졸졸졸 제법 커졌고 새들의
날갯짓도 한층 가벼워졌다. 이미 며칠 전부터 돌 수곽의
가장자리가 꽤 녹아 있었고 두께마저도 얇아졌다. 미리 봄을
당겨 보겠다는 성급한 마음에 커다란 직사각형 얼음장을
양손으로 쥐었다. 힘을 잔뜩 주고 들어 올렸는데, 물에서
벗어나자마자 뚝 소리를 내며 가운데가 끊어졌다. 이내
떨어지면서 바스러져 조각조각 갈라졌다. 한 개씩 끄집어내어
햇살 퍼진 마당으로 내던지면서 새삼 '봄이구나' 하고
혼잣소리로 말했다. 얼음을 쥐어도 손이 시리지 않았다.

계곡을 따라 이어지는 5리里 숲길 산책로의 평평한 너럭바위에
잠시 고여 있는 물은 잠잠했다. 얼마 전에 열반하신 조계종 전
총무원장 지관 스님이 세간에 유행시킨 '수평불류水平不流'라는
말이 떠올랐다. 물도 평평한 곳을 흐를 때는 소리를 내지
않는 법이다. 사람 역시 공평함 앞에선 뒷말이 없다. 이를
'인평불어人平不語'라고 했다. 길 양편 산언저리에 여기저기
듬성듬성 서 있는 조릿대는 아침이슬처럼 둥근 빗방울을
잎사귀 위에 달고 있었고 군더더기 없이 모든 걸 털어 버리고
겨우내 아무 생각 없이 서 있던 나목들도 생기가 돌면서 봄
기지개를 켜고 있다. 산사山寺에는 봄이 오는 것이 하루하루
순간순간 달라진 만큼 눈에 바로 비친다. 달력을 보고서

숫자를 통해 봄이 온 것을 아는 도시인의 삶과는 사뭇 다르다.
강산이 변할 만한 8년간의 수도승(首都僧, '서울에 사는 승려'라는 뜻)
생활을 마친 뒤 지난해 말 다시 찾아온 산이다. 분주함 뒤의
한가함인지라 그래서 더 좋은지도 모르겠다. 둥근 그릇이건
사각 그릇이건 담기는 대로 모양을 바꾸며 살아가는 물처럼
도심의 승려 생활도 금방 적응이 되었었다. 다시 시작한
산승山僧 생활 역시 마찬가지다. 모든 것은 비교를 통해 그
차이가 드러나는 법이다. 젊은 시절 산에 머물 때는 제대로
보이지 않던 자연의 아름다움이 이제야 눈에 들어오기
시작하고 또 그 풍광이 제대로 음미되기 시작한다.
  세상사를 보고 듣지 않으면 번뇌도 생기지 않는 법이다.
'속리산俗離山'은 그 이름만으로도 좋았다. 비록 발바닥은 땅을

딛고 서 있지만 그래도 마음은 세속을 떠난 것처럼 여겨졌기 때문이다. 은둔 객을 자처했지만 내가 할 수 있는 것이라곤 머물고 있는 곳을 물어도 내 입으로 대답하지 않는 것과 모르는 번호의 휴대전화를 받지 않는 정도에 불과했다. 하지만 그것만으로도 세상과의 인위적 단절에서 오는 여유를 충분히 누릴 수 있었다. 조계종 종단에서 일하던 수도승 시절엔 분기별로 두 통씩 찍었던 명함도 산승이 되니 전혀 필요하지 않다. 그야말로 얼굴이 명함인 신분으로 되돌아온 것이다. 이제 알 만한 이들은 알음알음으로 내 거처를 알게 되었다. 하지만 오가기가 쉽지 않은 곳이다 보니 거리가 주는 구원감 덕분에 혼자라서 더 즐거운 독락獨樂의 시간들이다. 속리산은 명산인지라 비경과 역사가 함께하고 있다. 그래서 나름대로 혼자서 잘 놀 수 있는 소일거리가 많다. 산 중턱에는 한글 창제에 큰 역할을 했다는 신미 대사와 해인사 팔만대장경 판전을 현재 규모로 증축했다는 학조 대사의 부도가 나란히 자리하고 있다. 고즈넉한 산길을 따라 참배하면서 가끔 부도 주변의 낙엽을 빗자루로 쓸어 내기도 했다. 문장대文藏臺는 예로부터 시인과 묵객墨客의 발걸음이 끊어지지 않았고, 문文·사史·철哲을 좋아하는 이들에게는 문필봉文筆峰 대접을 받고 있는 명소이다. 오래전부터 과거나 고시, 학위 등 큰 시험을 앞둔 이들이 합격을 기원하며 기도삼아 다녀갔다. 나는 바라는 게 아무것도 없지만, 몸 건강을 위해 이번 겨울내 자주 오르내렸다. 오가는 길에 눈 덮인 산장에서 마음씨 좋은 주인에게 얻어먹는 일품의 당귀차 맛도 산행의 즐거움을 더해 준다. 이제 봄을 맞은 산사山寺도 선방禪房과 강원(講院, 사찰에 설치된 교육 기관)이 모두 해제(解制·방학) 때인지라 경내마저 텅 비었다. 이래저래 더 일없는 한가한 도인道人이 된 것이다. 뒷짐 지고 어슬렁거리며 돌아다니는 발자국에도 한적함이 묻어난다. 성철 스님이 처음 접했을 때 깊은 인상을 받았다는, 중국 당나라 때 현각 스님의 〈증도가證道歌〉 첫 구절이 더없는 울림으로 다가온다.

더 배울 것도 없고 더 해야 할 일도 없는
한가한 사람은 쓸데없다고 버리지도 않지만
필요하다고 구하지도 않는다.

絶學無爲閑道人　不除妄想不求眞

겨울눈이
꽃처럼,
봄꽃이 눈처럼
흩날리다

벗꽃 지는 밤
꽃을 밟고
옛날을 다시 걸어
꽃길로
꽃을 밟고
나는 돌아가네.

한하운 시인의 〈답화귀踏花歸〉의 한 구절이다. 꽃을 밟으며
돌아간다는 뜻이다. 시인은 중국 북경대학을 졸업한 엘리트
관료였지만 뜻하지 않게 찾아 온 나병 때문에 좌절했다.
하지만 그런 현실을 문학적으로 승화시켜 아름다운 시를
여러 편 남겼다. '벗꽃 지는 밤에 돌아가고 싶다'는 글 속에서

생사관의 단면이 엿보인다.

일본 시(和歌)를 빼고서 벚꽃을 논한다는 것은 어불성설이다.

사이교는 〈백조의 노래〉라는 제목으로 절명시(絕命詩)처럼

비장한 시를 남겼다.

> 원컨대 (벚)꽃나무 아래에서 봄날 죽고 싶구나.

사이교는 헤이안 시대의 유명한 시인이며 또한 승려로서

벚꽃을 무척이나 사랑했다. 그 시처럼 흩날리는 벚꽃잎 속에서

죽어 갔다는 전설을 남겼다. 열반 후 540년이 지난 어느 날

홍천사에 머물던 후학이 그의 묘를 발견했다. 무덤 둘레에

일천 그루 벚꽃나무를 심어 마음으로 조의를 표했다. 이후

그 나무는 '서행 스님의 벚꽃(西行櫻, 사이교자쿠라)'이라는 이름이

붙여졌다. 서행 스님 이전에는 일반적으로 '꽃'이라고 하면

매화를 말했으나 그의 작품 이후 '꽃'은 벚꽃을 가리키게

되었다. 이후 '하나미(花見, 꽃구경)'는 앞글자를 생략해도 당연히

벚꽃놀이를 의미했다.

열반하신 '무소유'의 법정 스님도 만년의 길상사 법회에서

벚꽃을 포함한 많은 꽃들에 대한 찬사(讚辭)를 남겼다.

> 매화는 반개(半開, 반쯤 핌) 했을 때
> 벚꽃은 만개(滿開, 완전히 핌) 했을 때
> 복사꽃은 멀리서 봤을 때
> 배꽃은 가까이서 봤을 때가

가장 아름답습니다.

봄꽃을 무척이나 좋아했기에 "내가 타고 남은 재는 봄마다
아름다운 꽃공양을 나에게 바치던 오두막 뜰의 철쭉나무에
뿌려 달라. 그것이 내가 꽃에게 보답하는 길이다."는 글을
열반송을 대신하여 이미 남긴 터였다. '그토록 사랑하시던
봄 서러움도 꽃이 됩니다'라는 어느 거사의 조사는
'이 찬란한 봄날 꽃처럼 활짝 열리십시오'라는 당신의
법문과 댓구를 이루면서 삶과 죽음이 대비되어 더 큰
울림으로 와닿았다. 무엇보다도 스님의 손상좌가 안고 있던
'비구比丘 법정法頂'이라는 단 네 글자의 위패 문구에서 간결한
삶을 추구했던 당신의 꼬장꼬장함이 그대로 묻어났다. 기존
위패들은 앞뒤로 붙은 긴 수식어 때문에 누가 죽었는지
알아차리는데 한참 걸리는 것과는 상당히 달랐다. 스님의
위패는 그 간결함으로 신선했다. 제자들에게 위패 문구까지
정해 주고 가신 것인지도 모른다. 관례가 된 '각령覺靈'이라는
말은 교리적으로도 문법적으로도 '토끼 뿔(兎角)' 같이 말이
안 되는 표현을 조합하여 습관적으로 사용해 온 것도 이번
기회에 다시 점검해 볼 일이다. 만약 꼭 호칭을 붙여야겠다면
'진위眞位'라는 표현이 선종적으로 마땅하다.
법정 스님의 말씀처럼 벚꽃은 활짝 피었을 때가 가장
아름답다. 하지만 그 기간은 짧고 이내 덧없이 져버린다.
생사를 가장 짧은 순간에 이렇게 극적으로 표현하는 화려한

꽃도 드물다. 그것이 모두에게 사랑받는 연유이다. 그야말로 무상을 찰나에 보여 준다. 해골을 보고 '인생무상'을 공부하라는 관법(觀法)보다는 훨씬 더 아름답고 운치 있는 수행법이다. 그런 까닭에 일휴 선사의 '봄마다 피는 벚꽃을 볼 때 생(生)의 무상(無常)함을 아파하라'는 게송이 나올 수 있었던 것이다.

만해 한용운 스님은 겨울과 봄을 동시에 보면서 눈과 꽃을 함께 보는 통찰력으로 〈견앵화유감(見櫻花有感, 벚꽃을 본 느낌)〉이라는 한시를 남겼다. 헛것(幻化, 非眞)인 줄 알지만 그래도 거기에서 인간의 희로애락이 일어날 수밖에 없는 인간의 마음까지 가감 없이 솔직하게 드러낸 수작이다.

지난겨울 내린 눈이 꽃과 같더니   昨冬雪如花
이 봄에는 꽃이 도리어 눈과 같구나.   今春花如雪

눈도 꽃도 참(眞)이 아니거늘   雪花共非眞
어째서 내 마음은 찢어지려 하는고.   如何心欲裂

그래도 나는 '바람 불어 꽃잎이 눈보라처럼 흩날리는(櫻吹雪)' 풍광을 즐기려 봄길을 나서야겠다.

호두 한 알이
7백 년 역사를
만들다

공주에서 일을 마치고 천안으로 가던 중 뜻하지 않게 도착한
곳은 광덕사 입구였다. 실제 목적지는 다음 교차로에서
핸들을 돌려야 하는데 세찬 비에 앞을 제대로 분간하지 못해
서둘러 미리 꺾은 탓이다. 떡 본 김에 제사 지낸다고 했던가.
천연기념물 호두나무나 보고 가야겠다고 생각했다. 마침 비도
잦아들었다.

호두나무는 수령 4백 년을 자랑했다. 아마 고려 말 유청신
선생이 심은 본래 나무가 살아있다면 7백 살 정도 될 것이다.
1290년 원元 나라에서 묘목과 열매를 가져와 어린나무는
사찰에 심고 열매는 인근 고향집 뜰에 심었다고 기록은
전한다. 호두나무 최초 시식지인 것이다. 그 뒤 아들, 손자 등

후손들도 이 나무를 인근에 널리 퍼뜨렸다. 현재 천안 광덕면 일대는 수십만 그루의 호두나무가 자라고 있다.

당시 통역관이면서 권력가였던 유청신이 호두나무를 가져다 심은 까닭은 무엇일까? 그건 자비심이었다. 고려의 청소년들은 영양 불균형으로 얼굴에 마른버짐이 피었고 머리에는 부스럼이 많았을 것이다. 호두는 보관도 용이하고 가까이 두고 늘 먹을 수 있는 식약食藥이었다. '수양산 그늘이 강동 삼백 리'라고 했다. 수양산의 그늘이 진 곳에 강동의 아름다운 땅이 이루어졌다는 뜻으로, 한 사람이 잘되어 주위의 친척이나 이웃들이 그 덕을 입음을 비유한 말이다. 호두그늘은 차츰 한반도 전역으로 넓혀져 갔고 몇 백 년 동안 조선의 백성까지 덮어 주었다.

린포체(과거의 성인)가 티베트 지역에만 환생하듯 지역 DNA는 그 지역으로 유전되기 마련이다. 일제강점기에 처음 만든 호두과자는 간식거리조차 없던 가난한 시절의 새로운 먹을거리였다. 독립 이후 순식간에 철도를 따라 전국으로 퍼지더니 어느새 고속도로 휴게소마다 등장했다. 그럼에도 천안 호두과자가 제맛이라며 일부러 찾아오는 사람도 적지 않다. 전통이란 하루아침에 이루어지는 것이 아니다. 이것은 원조 지역이 가진 소프트파워다. 과자 속의 호두 한 조각이 7백 년의 마을 역사를 머금은 까닭이다.

이제 물질적으로 먹고 살 만한 나라가 되었다. 하지만 상대적으로 마음 세계는 그만큼 허해진 것도 사실이다.

90년도 초엽, 광덕면에 명상수행센터 '호두마을'이 문을
열었다. 알고 보면 이름도 위치도 시절도 우연히 아니다.
현대인의 마음 부스럼과 마음 버짐의 치유가 목적인
까닭이다. 7백 년 전 호두나무를 심었던 그 마음과 백 년 전
호두과자를 만들었던 그 마음을 현재 '호두마을'이 잇고
있는 셈이다.

모든 것을
공평하게 덮는 눈,
여기가 바로
은색계

만 리 먼 하늘은 은빛으로 에워쌓여   萬里天圍銀色界
눈 깜짝할 새 가지마다 눈꽃 가득하네.   刹那枝雪花滿發

새해 아침부터 온 세상에 흰 눈이 가득 내렸다. 은세계다.
나뭇가지마다 눈꽃이 소담스레 피었다. 올겨울 내내 참으로
눈이 흔했다. 눈이 내린 뒤에는 여기저기에서 불편한 소리가
들리지만 내릴 때만큼은 언어가 끊어지고 모두가 말없이
따스한 눈길로 그저 바라볼 뿐이다. 한강이 얼어붙는 추위까지
겹쳐 장독대 위에 쌓인 백설이 그대로 굳어 버렸다. 기상대의
호들갑이 아니더라도 몇십 년 만의 기록적인 강설량을
눈앞에서 알 수 있다. 칼바람에 옷깃을 여미며 종종걸음을
치긴 해도 오랜만에 겨울다운 겨울이 주는 청량함은 코끝에서

피어오르는 입김을 더 훈훈하게 만들어 주었다.

오늘같이 몹시 추운 어느 날 스승인 위산 선사가 제자인 앙산 스님에게 물었다.

"날씨가 추운가? 사람이 추운가?"

눈은 얼었고 날씨는 춥다. 그래서 사람도 춥다. 날씨가 추운가 사람이 추운가 하는 상투적인 선문답은 그저 평범한 제자의 한마디에 그대로 묻혀 버렸다.

"모두가 그 속에 있습니다."

추위를 만나 '날씨 탓 사람 탓'하고 있는 걸로 봐서 아직 덜 추운 탓이었다. 그때 눈이라도 덤으로 한 번 더 내려 준다면 '눈이 옵니다'라고 대답했을 것 같다.

그날 두 눈에 보이는 것이라고는 설백雪白 그리고 천지백天地白의 은세계였다. 흰 눈은 평등무차별의 세계를 만들어 주었다. 모든 세상의 허물과 더러움 그리고 잘난 것까지 덮어 버리고 오로지 은색계銀色界를 만들어 놓았을 뿐이다. 옛사람들은 이 풍광에서 불국토를 찾아냈다. '긴 터널을 빠져 나오자 눈의 고장이었다'는 가와바타 야스나리가 쓴 『설국』의 첫 구절처럼 어두운 무명無明에서 벗어나 밝은 지혜의 광명을 상징하는 설경은 아무리 무딘 사람이라도 감동으로 닿아올 수밖에 없다. 그래서 은색계는 인간 세상에서 볼 수 있는 천상 세계인 것이다.

우리가 사는 세상에서 은색계는 아미산(峨嵋山, 중국 사천성)으로 여겼다. 천상天上의 설역雪域 세계가 땅 위에 현현했다고

여긴 까닭이다. 아열대 지역의 고산에서 볼 수 있는 적지
않은 양의 눈이라 그 느낌이 모두에게 인상적이었을 것이다.
세계문화유산 지구인 이 산은 백설이 푸른 나무에 내려앉고
얼음이 붉은 꽃을 감싸는 빙설 경치로도 이름을 함께 떨쳤다.
금정金頂의 눈 구경은 정상에서 민산岷山의 천리에 펼쳐진 눈을
보는 것이라면 대평의 눈 구경은 뭇 산으로 둘러싸인 곳에서
사면의 설봉에 매혹되는 것이라고 하였다.
후자의 광경을 '대평설제'라고 이름 붙여 아미산 십경 속에
포함했다. 몇 년 전 아미산에 갔을 때는 한여름인지라 기록과
언어 속에서만 겨울의 눈 풍광을 상상해야 했다. 아미산은
보현성지다. 그 은색계에는 보현보살이 항상 머물고 있다.

그해 눈이 가득 내린 설날 새벽, 해인사 큰법당에서
산중의 모든 스님들이 함께 모여 정초의 기도 의식인
'향수해례香水海禮'를 여느 해처럼 올렸다. 한 목소리로 법당
안에 퍼지는 기도 소리의 운율이 신숭하여 신심이 저절로
우러났다. 이 구절에 이르렀을 때 그만 숨이 탁 막혔다. 내가
지금 서 있는 바로 이 자리가 은색계, 보현성지임을 알아차린
까닭이었다.

눈 덮인 아미산 은빛 가득한 세계에 계신
보현보살님과 그리고 함께하는 모든
불보살님께 귀의합니다.

지는 꽃과
피는 꽃에서
읽는 시간의
아름다움

2012년 미국 뉴스전문채널인 CNN이 선정한 '한국 명소
50선'에 진해 경화역 벚꽃과 여좌천 벚꽃이 함께 올랐다. 같은
지역에서 그것도 같은 소재를 달리 선정할 만큼 두 지역의
벚꽃은 같으면서 다른 미학이 숨어 있다. 이는 철길 아래 '지는
꽃'과 물길 위 '피는 꽃', 즉 낙화와 개화 이미지를 대칭했기
때문이다. 시간이 만드는 벚꽃의 두 얼굴을 함께 읽어 낼 줄
아는 선정 담당자의 높은 안목에 뒤늦게나마 공감의 한 표를
보탠다.

1900년대 초 러일 전쟁 이후 군항으로 주목된 이 지역은 일제
강점기에 인위적으로 다량의 사쿠라(벚꽃)를 심기 시작했다고
하니 진해 벚꽃의 태생은 다분히 정치적(?)이다. 광복 이후

1952년 해군 창설 5주년을 기념하여 나라 안에서 처음으로
이순신 장군 동상이 제막되고 추모제를 지내면서 현재의
군항제가 시작되었다. 이후 침탈(벚꽃)과 방어(이순신)라는 불일치
상징 코드가 묘하게 조합을 이루면서 서서히 '꽃놀이(花見,
하나미) 문화'로 진화해 갔다. 꽃은 그 자체로 꽃일 뿐이니
이제는 있는 그대로 봐달라는 꽃의 말에 귀를 기울이는 또
다른 가치관을 지닌 세대가 해마다 켜켜이 쌓아 올린 햇수도
적지 않다.

해질 무렵 경화역에 도착했다. 일본의 다도 명인 리큐의
'벚꽃은 지는 맛'에 어울리는 늦은 오후였다. 바람 불어
벚꽃잎이 눈보라처럼 휘날리는 광경을 만나려고 열차가
두 번 지나갈 만큼 플랫폼과 철길 위를 서성이며 머물렀다.

하지만 넘치는 인파 때문에 기차는 '조심하라!'는 호각소리와
함께 천천히 지나갔다. 속도가 없으니 바람을 일으키지
못하고, 바람이 없으니 꽃가지는 미동조차 없다. 모두가
달리는 열차 주변에 꽃잎 쏟아지는 광고 사진을 연상하며
모였지만, 그 당사자들 때문에 도리어 그 환상을 연출할 수
없는 자기모순을 어찌하랴! 정작 도와 줘야 할 자연바람마저
여전히 무심했다.

미련을 접고 여좌천으로 갔다. 로망스 다리 위에서 갖가지
포즈로 셀카를 찍어 대는 선남선녀들의 해맑은 표정과
웃음소리가 화려한 조명의 밤벚꽃보다 더 화사했다. 하긴 지는
꽃이 피는 꽃보다 더 아름다울 순 없는 법이다.

그렇지만 모두가 돌아간 뒤에는 이 꽃마저도 요원조원 선사의
시처럼 '한 잎은 동쪽으로 한 잎은 서쪽으로 날리면서(一片西
飛一片東)' 바람 따라 가리라.

과거장과 선불장!
어디로 갈 것인가

일본 큐슈에 위치한 텐만구는 일 년에 수백만 명이 찾는다는
가장 유명한 시험기도 전문 신사神社이다.
입구에는 청동으로 만든 소가 앉은 사세로 입구를 지키고
있다. '시험의 신' 스가와라노 미치자네가 죽자 그 시신을 끌던
소가 이 자리에서 꿈쩍도 하지 않았다고 한다. 할 수 없이 그를
여기에 묻었고 그 위에 신전이 지어지면서 비로소 신사의
역사는 시작되었다. '영험 있는 소'를 만지고 문지르면 무난히
합격한다는 전설이 함께 전해져 온다. 이미 사람들의 손길을
탈 대로 탄 뿔과 코 부분은 유독 반질거렸다. 사람들이 자리를
비우는 틈을 이용하여 나 역시 코와 뿔을 잡고서 어루만졌다.
출가자에게도 시험은 피할 수 없는 일이다. 스님들의 시험,

'승가고시'가 기다리고 있기 때문이다. 고시는 고시인데
관리를 뽑는 과거科擧가 아니라 '붓다 후보'를 뽑는 과거장
즉 선불장選佛場인 것이다. 선불장이란 말은 중국 당나라
시대의 마조 선사로부터 유래한다. 스님은 당시 과거장으로
가던 젊은이들의 발걸음을 선불장으로 향하도록 만든
일등공신이다. 과거에 합격하여 출세하는 것도 좋은 일이지만,
자기수행을 통해 인류의 정신적 스승이 되는 것도
그 못지않게 중요하다는 사실을 주변에 널리 설파한 까닭이다.
그것이 주효했던지 언제부턴가 젊은이들은 과거장이 아니라
선불장으로 모여들기 시작했다. 한때는 관리를 뽑는 장소보다
부처를 뽑는 장소가 더 인기 있을 정도였다.
물론 당시의 부패한 과거제도도 선불장 융성에 한몫했다.
과거를 보더라도 그것은 형식일 뿐 합격자는 이미 내정되어
있었다. 좌절한 과거 지망생들은 과감하게 발길을 돌렸다.
그들 가운데 수재와 방온이 있다. 두 사람은 친구 사이로 함께
과거 길에 올랐다가 주막에서 만난 이름 없는 스님에게서
선불장 이야기를 들었다. 감명을 받은 그들은 그 자리에서
마음을 돌려먹고 마조 선사의 문하로 목적지를 바꾸었다.
얼마나 영리했는지 이름조차 '수재'였던 그 청년은 뒷날 단하
천연이라는 유명한 스님이 되었고, 방거사로 불리는 방온
역시 재가의 대표적인 수행자로서 오늘날까지 그 이름을
떨치고 있다. 당나라의 선불장은 조선시대에는 승과평으로
불리기도 했다. 역사적으로 승과평이란 지명이 남아 있는 곳은

강남 봉은사 앞 코엑스 자리와 봉선사 입구 과수원 자리(현재는 공원)이다. 조선 개국 이후 없어진 승과고시를 조선 명종 6년(1551)에 부활시킨 조선불교 중흥의 성지이다. 이 시험에서 발굴된 대표적인 인재가 서산과 사명대사이다. 문정왕후가 허응당 보우 대사의 건의를 받아들여 실시했던 승가고시가 임진란의 구국 영웅을 발탁하는 결과를 만들어 냈다. 승가의 인재인 동시에 국가의 인재가 된 것이다. 현재 봉은사의 가장 오래된 목조 건물에는 '선불당選佛堂'이란 편액이 걸려 있고, 해인사 궁현당 역시 '선불장' 현판을 달고 있다. 모두가 선불장의 역사를 오늘까지 말없이 대변하고 있다.

암행어사로 유명한 박문수는 수십 번 시험에 떨어진 전력의 소유자였다. 그는 십 년 이상 계속된 낙방 스트레스로 인하여 늘 주눅이 들어 있었다. 살아도 사는 게 아니었다. 남들은 빠르면 10대 후반, 늦어도 20대가 되면 벼슬길에 올랐는데, 30대가 되어도 계속 학생 신분을 면치 못했기 때문이다. 그야말로 '고시 폐인'이었다. 이제 '마지막 응시'라고 생각하고 비장한 마음으로 과거 길에 올랐다.

해가 저물어 발걸음을 멈추었고 인근의 안성 칠장사에서 하룻밤을 머물게 되었다. 자신의 처량한 신세를 한탄하다 말고 문득 마음에 섬광처럼 짚이는 것이 있었다. 마지막으로 종교의 힘을 빌리기로 한 것이다. 괴나리봇짐 속에 든 간식거리인 유과를 꺼내 법당에 공양물로 올리고 간절한 마음으로 지극정성 기도를 했다. 지성이면 감천이라고 했던가. 그날

밤 꿈에 선신善神이 나타나 과거 답안지를 보여 주는 것이
아닌가. 시험 제목은 '낙조(落照, 해질 무렵)'였다. 그런데 앞의
6줄은 가르쳐 주면서 마지막 두 줄은 생략하고 사라졌다. 그
순간 새벽닭이 울었기 때문이다. 잠을 깬 후 합격 걱정보다는
시험 제목의 일치 여부가 더 궁금해졌다. 아니나 다를까 이후
모든 것이 꿈처럼 그대로 일어났다. 답안지 마지막 두 줄은
그동안 닦아 놓은 자기실력으로 해결했다. 뒷날 사람들은
이를 '몽중등과시夢中登科詩'라고 이름 붙였다. 시험 합격도
개인의 인생사에서 참으로 영광스런 일이지만, 박문수가 그 뒤
암행어사로 활동하면서 조선사회를 맑히는 일에 일조를 더한
것은 더욱 의미가 있다.

시험이란 개인에 대한 평가이기도 하지만 동시에 그 사회를
구하는 일이기도 하다. 그래서 인사人事가 만사萬事라고

했다. 인재를 발탁하여 적재적소에 배치하는 일은 공동체를
유지하기 위한 최선의 방법이다. 그래서 시험이란 모두에게
스트레스를 주는 불편한 것이지만 인류가 존재하는 한
절대로 없어질 수 없는 필요악(?)이 된 것이다. 결국 시험을
친다는 것은 '살아있다'는 말이다. 수능이 끝나고 대학입시를
마쳤다고 하더라도 결코 시험이 끝나는 것은 아니다.
작게는 운전면허 시험부터 각종 자격시험, 크게는 입사시험
승진시험 심지어 노인대학 시험까지 줄줄이 기다리고 있는
것이 우리네 인생사다. 더 이상 시험 칠 일이 없다는 것은
알고 보면 '완전한 퇴물(?)'이 됐다는 말과 동일하다. 따라서

시험 칠 일이 있다는 그 자체가 나의 존재감을 확인해 주는 증거이다.

사회가 다양화되면서 시험도 다양화되었다. 이미 만들어져 있는 길을 따라가는 교과서적 삶도 좋은 일이다. 하지만 자기 길을 스스로 만들어 갈 수 있다면 그건 더 좋은 일이다. 전인미답의 길을 개척하는 것은 그런 자만이 누릴 수 있는 또 다른 희열을 만들어 준다. 잘 닦여 있는 출세를 위한 시험장의 탄탄대로를 가는 것도 물론 좋은 일이지만 산길처럼 울퉁불퉁한 선불장 길로 발걸음을 내딛는 것도 역시 아름다운 여정이 기다리고 있을 터이다. '싱글'이 문화현상이 된 시대에 또 하나의 대안적 삶의 방식으로서 출가出家 세계에 대한 관심을 가져본다면 이 또한 괜찮은 일 아니겠는가.

뒷문을 통해
봄비 소리를
듣다

묵은 빨래를 정리해야겠다고 며칠 전부터 별렀다. 하지만
변덕스러운 봄 날씨 때문에 계속 미뤄졌다. 그날 새벽하늘은
고운 반달까지 더해졌다. 돌계단 끄트머리에 서서 한참 동안
바라보며 달의 주변까지 살폈다. 달무리도 없으니 당연히
맑은 날일 거라고 지레짐작했다. '옳거니!' 하고 세탁기를
돌렸고 내친김에 생각지도 않던 담요까지 과감하게 물에
담갔다. 하지만 해가 뜰 시간이 지났음에도 불구하고 주위는
문자 그대로 계속 오리무중이다. 아침 안개가 낀 날은 본래
맑은 법이다. 흐릿한 주변을 보면서도 혼잣말로 "안개가
끼었겠지."라고 단언하며 세탁물을 건조대에 널었다. 하지만
그것이 안개가 아니라 비구름이라는 사실을 확인하는 데는

별로 오래 걸리지 않았다. 미리 일기예보의 힘을 잠깐이라도 빌렸으면 이런 낭패를 당하지 않았을 텐데 자신의 눈만 믿은 것이 화근이었다. 졸지에 만난 비를 피해 부랴부랴 빨래를 좁은 내 방으로 옮겨 널어야만 했다.

본래 인생사라는 것이 몇 시간 앞도 제대로 알 수 없는 법이긴 하다. 하지만 그것보다는 빨래를 빨리 해결하고 싶다는 쓸데없는 조바심이 문제를 키운 원인이었다. 뭐든지 서두르면 실수가 뒤따르기 마련인가 보다. 이제 살아온 연륜에 걸맞게 좀 더 진중해져야겠다는 다짐을 했다.

하지만 돌이켜 생각해 보니 다짐은 매번 다짐으로 끝났을 뿐이다. 지난겨울에 저질렀던 과유불급한 일까지 떠올랐다.

월동 준비를 위한 몇 가지 울력을 할 때도 관심은 벽 틈새로 들어오는 황소바람을 제대로 막아야겠다는 오직 한 생각뿐이었다. 그 결과 뒷문은 물론 창문까지 단열재를 덮고서 과감하게 봉했다. 심지어 주로 출입하는 두 짝으로 된 앞문 역시 한 짝에는 같은 조치를 취했다. 그 때문에 그 문마저 쪽문으로 바뀌었다. 아름다운 창살에 은은한 한지를 덧붙인 우아한 한옥의 문이 대부분 벽처럼 바뀌면서 그야말로 무문관無門關이 된 것이다. 결과는 완벽한 보온이었다. 특히 맹추위가 덮친 날에는 더욱 진가를 발휘했다. 흡족한 미소를 지었다. 하지만 얼마 후 참을 수 없는 불편한 문제가 나타났다. 숨 쉬는 한옥을 포기한 대가는 참으로 가혹했다. 통풍이 전혀 되지 않는 갑갑한 실내 생활을 겨우내 감수해야 했던 것이다.

참다못해 통풍을 위해 앞문을 열어도 냉기만 들어올 뿐 정작
원하는 환기는 전혀 이루어지지 않았다. 이유는 함께 도와
주어야 할 뒷문이 없어진 까닭이다. 무슨 일이건 지나치면
모자란 것만 못하다는 평범한 진리를 다시 한 번 깨닫는
계기가 되었다.

가야산은 4월에도 큰 눈이 두 번이나 내렸다. '춘래불사춘'이라
했지만 그래도 봄은 봄이다. 문에 덧댄 단열재를 성급한
마음으로 걷어 내면서 문틀 구석구석 쌓인 묵은 겨울
먼지까지 털어 냈다. 그리고 가장 먼저 보란 듯이 뒷문부터
활짝 열었다. 한쪽 코로 숨을 쉬다가 양쪽 코가 모두 뚫린 그런
느낌이라고 할까. 소박한 뒤뜰 담장 너머 먼 산에는 연둣빛
신록 세계가 경이롭게 펼쳐지고 있었다. 뒷문으로 바라보는
풍광의 여유로움은 앞문에 비할 바가 아니었다. 제대로 된
옛집은 숨겨진 뒤란의 세계가 더 아름다운 법이라는 어느
고가古家 예찬론자의 글을 떠올리면서 고개를 끄덕였다.
앞문은 공적으로 중요하지만, 뒷문은 사적私的으로 소중하다.
절집 역시 앞문을 열 때는 칼칼하고 규칙적인 걸음 소리만
들린다. 하지만 뒷문을 밀면 느긋한 슬리퍼 끄는 소리를
들을 수 있다. 앞문의 세계는 '교과서대로'라고 말하고
있지만 뒷문의 세상은 허물도 모른 척하고 눈감아주는
인정이 깃들어져 있다. 앞문의 세상에는 해야 할 일이
태산같이 쌓여 있지만 뒷문 세상은 그마저 잠시 잊어도 좋을
만큼 느긋한 휴식이 있다. 임제 선사의 '관불용침官不容針

사통거마私通車馬'라는 말씀처럼 앞문은 언제나 바늘 한 개
꽂을 틈조차 없지만 뒷문은 항상 수레가 지나가도 될 만큼
여유롭기 때문이다.

또 봄비가 내린다. 같은 비인데도 빨래를 널어 놓은 이후에
만났던 그 비와는 사뭇 느낌이 다르다. 뒷문을 통해 듣는
빗소리는 귀에 착착 감긴다. 며칠 전 옮겨 심은 연보랏빛
수국은 아직 제대로 뿌리를 내리지 못한 탓에 비를 뒤집어쓴
채 무거워진 몸을 제대로 가누지 못한다. 그 소담스러운
꽃송이가 비스듬히 담장을 기대고 있는 모습을 보니 안쓰러운
마음마저 일어난다. 담장 밖에는 우의를 온몸에 두르고 봄
산을 찾는 상춘객들의 걸음걸이를 따라 절 마당에는 발자국이
꽃처럼 피어난다.

올겨울에도 대도무문大道無門의 경지에 이르지 못한 채
'보온이냐? 통풍이냐?' 해묵은 과제를 붙들고서 씨름해야 할
것 같다. 등산복 광고처럼 보온도 되고 통풍도 되는
'고어텍스 문'을 만난다면 이 모순을 일거에 해결할 수
있을 터이다.

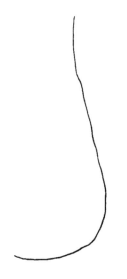

'관불용침官不容針 사통거마
私通車馬'라는 말씀처럼 앞문은
언제나 바늘 한 개 꽂을
틈조차 없지만 뒷문은 항상
수레가 지나가도 될 만큼
여유롭다.
또 봄비가 내린다.
같은 비인데도 빨래를 널어놓은
뒤에 만났던 그 비와는 사뭇
느낌이 다르다. 뒷문을 통해
듣는 빗소리는 귀에 착착
감긴다.

수시 모드
전환형 인간,
순간을
살다

초저녁에 부음을 듣고서 황망함을 이기지 못한 채 밤새도록
뒤척이며 비몽사몽간에 새벽 종소리를 들었다. 가만히 돌이켜
보니 함께 살면서 참으로 많은 것을 배웠고 귀한 은혜를
입었다. '고맙습니다'라는 혼잣말과 동시에 그만 나도 모르게
눈물이 그렁그렁 고였다.

흔히 '공부머리'와 '일머리'는 다르다고 한다. 하지만
일머리라고 해서 일만 하며 살 수 없고, 공부머리라고 해서
공부만 하고 살 수 없는 것이 세상의 현실이다. 나 역시
일머리도 아니고 그렇다고 해서 공부머리도 아니지만,
어른스님과의 인연은 새삼 나를 돌아보는 좋은 기회가 되었다.
결재서류를 들고 스님 방을 찾을 때면 필생의 역작인

불교사전 원고를 매만지고 있는 모습을 보곤 했다. 스님은 팔순 가까운 연세에도 안경을 전혀 사용하지 않을 만큼 늘 정정함을 간직하고 있었다. 인기척에 보고 있던 교정지를 밀쳐 놓고선 능숙하게 행정서류를 살펴보고 처리 지침과 함께 도장을 찍어 주시곤 했다. 보고가 끝난 후에도 실무자가 제대로 살피지 못한 미심쩍은 부분은 꼭 되물어서 다시 한 번 확인했다. 급기야 하루는 궁금증을 참지 못하고 결국 묻고야 말았다.

"스님께서는 책 원고를 보다가 휴식도 없이 바로 행정서류를 보는 것이 가능하신지요?"

공부머리에서 일머리로, 스님이 원할 때마다 수시로 모드 전환이 가능한지를 여쭙는 당돌한 질문이었다. 자상한 미소와 함께 "가능해!"라는 망설임 없는 답변에 나는 경이로운 표정을 지을 수밖에 없었다. 일과 공부의 전환 사이에는 누구나 거치기 마련인 여과 과정을 생략할 수 있는 내공이 부러웠던 까닭이다.

그러던 어느 날, 가장 '세속적인' 재무회계 서류를 들고 서 있는 나에게 스님은 가장 '성스러운' 계율 파트인 『범망경고적기梵網經古迹記』 번역을 책임지고 해 보라는 것이었다. 그렇잖아도 모드 전환이 제대로 되지 않아 당분간 공부머리는 접어 둔 상태라 망설일 수밖에 없었다. 하지만 사실 별다른 선택의 여지도 없었다. 그리하여 『한국전통사상총서』라는 13권짜리 전집 기획물 가운데 한

권을 겁 없이 맡았다. 드디어 나도 일머리와 공부머리의
수시 변신이라는 신통력을 기를 수 있는 좋은 기회를 주신
것이라고 믿었기 때문이다.

 스님의 생활은 늘 한결같았다. 조계종 총무원 일과를 마친 후,
저녁엔 언제나 가산연구원으로 다시 출근했다. 이어서 밤늦게
도착한 정릉의 경국사 숙소에서도 잠을 잊고 남은 일을
처리했다. 오가는 길에 시간을 쪼개 걷기운동을 통하여 건강을
챙겼다. 스님은 그야말로 수시 모드 전환형 인간이었다. 임제
선사의 말씀처럼 '지금 서 있는 자리에서 늘 주인 노릇을
제대로 하신 삶'이었다.

 '지관 스님! 어쨌거나 다 좋았습니다. 하지만 이건 아니지
않습니까? 생사生死까지도 수시로 전환할 수 있다는 것은
일부러 보여 주시지 않아도 될 일이었습니다. 왜냐하면
저희들이 감당하기에는 남아 있는 모든 일이 너무 버겁기
때문입니다.'

더러움과
깨끗함 사이에는 오로지
생각이 있을
뿐이다

추석 연휴가 끝난 뒤 중국 서안을 찾았다. 그 옛날 당나라의
수도 장안長安이다. '서울 장안'이란 말에서 보듯 장안이란 말
자체가 '나라의 중심'을 의미한다. 당시 서역(인도, 유럽 포함)과
동녘(신라, 일본 포함)에서 저마다 꿈과 환상을 가지고 이 지역으로
꾸역꾸역 사람들이 모여들었다. 유동 인구를 제외한 상주
인구만 해도 백만 명이었다. 그 시절 백만 명은 현재의 천만 명
이상이었으니 그 북적거림을 짐작하고도 남는다.
중국은 이런저런 일로 몇 번 다녀왔지만 서안은 처음이다.
'중국! 어디까지 가 봤니?'하고 스스로에게 물어야 할 만큼
세상은 넓고 참배해야 할 성지도 많다. 고색창연한 장안을
그리면서 왔는데 기대가 컸던지 생각보다 작고 초라했다.

하지만 7층 높이의 만만찮은 규모를 자랑하는 대안탑은
예나 지금이나 이 지역을 상징하는 건물로, 오늘도 변함없는
위상을 유지하고 있었다. 대안탑은 항공사 광고에 자주
등장하는 덕분에 우리나라와도 친숙하다. 그 광고의 마지막
장면은 대안탑을 배경으로 간절하게 합장한 채 정성스럽게
허리를 숙이는 중년 여인의 모습으로, '생지축지生之畜之
생이불유生而不有, 낳고 기르되 소유하지 않는다'라는
한자漢字가 오버랩 된다. 기도하는 여인은 수험생을 둔
어머니로 그 광고 문구는 교육열만큼은 세계 제일인 우리
어머니들에게 적지 않는 울림을 주었다. 노자老子가 일찍이
자식에 대한 지나친 집착을 스스로 경계하라고 남긴 여덟
글자가 텔레비전 화면 속에서 우리를 향해 다시 걸어 나온
것이다.

대안탑은 대자은사大慈恩寺 경내에 있다. 이 절은 현장 법사를
위해 당나라 조정에서 번역 공간으로 제공한 곳이다. 사찰
곳곳에 스님의 체취와 흔적이 고스란히 남아 있다. 대안탑의
'대안(大雁, 큰기러기)'은 순례 길에서 겪었던 어려움이 그대로
묻어나는 이름이기도 하다. 당시 인도로 가는 길은 목숨을
담보로 한 위험천만한 여정으로 숱한 고통이 뒤따랐다. 하루는
사막에서 길을 잃고 헤매다가 마침내 정신마저 아득해졌을
때 어디선가 기러기가 날아왔다. 기러기가 날갯짓으로 길을
안내해 준 덕분에 현장 법사는 그 위기를 무사히 넘길 수
있었다.

탑을 조성한 본래 목적은 수집해 온 엄청난 분량의 경전을
보관하기 위한 법보전(法寶殿)이었다. 탑 이름을 '대안'으로
지은 것은 기러기 은혜에 보답하기 위해서였다. 말 못하는
날짐승의 은덕까지 기억하고 있기에 이 도량은 '큰 자비심
그리고 은혜(大慈恩)의 공간이 될 수밖에 없겠구나'하는 생각이
들었다. 미물을 향한 애틋함까지 함께 음미하면서 꼭대기
7층까지 천천히 올라갔다. 탑 중심이 비어 있는 탓에 안전을
위해 난간이 둘러져 있는 나무 계단을 한 칸 한 칸 조심스럽게
밟았다. 층층마다 사방으로 창문을 낸 덕분에 시가지 전체를
조망할 수 있는 전망대 기능까지 겸한 중국풍의 전형적
벽돌탑이었다.

함께 간 일행과『반야심경』을 합송했다. 번역의 역사적
현장(現場)에서 번역자인 현장 법사가 직접 지켜보는 자리에서
읽으니 사뭇 느낌이 달랐다. 그동안 수천 번은 읽었을 터인데
이번 독송은 또 다른 느낌으로 와닿았다. 아마 사람들에게
가장 유명한 불교 경전을 꼽으라면 하나같이『반야심경』을
말할 것이다. 또 불교에 관심 있는 이들이 가장 먼저 접하고
외우는 경전이기도 하다. 알고 보면『반야심경』을 매개로
가장 많은 사람이, 가장 자주 만나는 스님이 현장 법사인
셈이다. 후학들은 짧은 한 편의 경구 속에서 당신의 땀과
열정을 접하게 된다. 더불어 촉(觸)이 더 발달한 이는 천 년 전
대자은사의 공기와 흙냄새까지 글자와 글자 사이에 그리고
행간에도 스며 있음을 알 수 있을 것이다.

언젠가 반야심경의 '불구부정不垢不淨'이라는 네 글자 앞에서
호흡이 멈추었다. 더러운 것도 없고 깨끗한 것도 없다는
뜻이다. 그럼에도 우리들은 늘 더러움은 피해 가고 또
깨끗함만 찾아가려고 애쓴다. 쓰레기통이 있기 때문에 주변이
청결하다는 사실을 망각하고 쓰레기통을 멀리 하려고만
든다. 더러움이 없으면 결국 깨끗함도 있을 수 없는 것인데도
말이다. 이 상대적인 프레임에서 벗어날 수만 있다면
그야말로 불구부정이 무슨 말인지 제대로 알 수 있을 것 같다.
그 시절 장안대로 주변은 국제도시답게 늘 불야성을 이루었다.
알고 보면 불야성의 원조는 장안이다. 시류를 따라 당시
스님들도 이런저런 이유로 너도나도 서울로 진출했다.
뒷날 낭야혜각 선사는 이런 유행에 대하여 점잖게 타일렀다
"장안수락長安雖樂이나 불시장구不是長久니라."
장안이 비록 좋은 곳이기는 하지만 절대 오래 머물지 말라는
가르침이다.

내 몸이
법당,
무너지지 않게
마음을
돌보라

무소유가 기본인 사문(沙門)은 본래 '집 없는 사람'이란 뜻이다.
노천 내지는 나무 아래 동굴 속에서 정진한 까닭이다. 그러나
이후 부득이한 사정으로 죽림정사, 기원정사 등 소박한 집에서
살았다. 하지만 세월이 흐르면서 절집은 대궐과 버금가는
'법의 궁전'을 갖추게 되었다. 중국, 한국, 일본에서는 가람을
지을 때마다 상량식을 중요한 의식으로 경건하게 치렀다.
상량문은 당연히 산중 어른의 몫이었다. 글씨는 당대 명필에게
따로 부탁한 경우도 많았다.

절집에서 적지 않은 세월을 살다 보니 이제 가끔 상량문 쓸
일도 생긴다. 자료를 확인하고 욕심내어 이것저것 집어넣다
보면 필요 이상으로 장문이 된다. 너무 길면 붓글씨로

옮길 때 만만찮은 부피가 되기 십상이다. 간명해야 좋은
글이라는 원칙은 상량문에서도 예외가 될 수 없다. 집 지을
때 화룡점정이 상량문이라 하겠다. 상량목 중심에 홈을
파고 상량문을 넣었다. 선사禪師답게 단출하게 짚으로 안을
메웠다. 그래야 종이가 오래 보관된다. 상량식이란 바깥 일이
끝나고 내부 공사가 시작하는 접점에서 이뤄지는 중도中道
의식인 셈이다. "상량이오!"라는 큰 목소리와 함께 대들보가
올라간다. 그 전에 상량목을 묶은 '입이 큰' 광목주머니에 넣은
상량채上樑債 봉투인 공양금이 두둑할수록 빨리 올라가는 건
인지상정이다.

상량목의 '모년모월모일 입주상량立柱上樑'이라는 본문 앞뒤로
용龍 자와 구龜 자로 열고 막는다. 상량목의 머리는 나무뿌리에
해당하는 쪽이므로 용龍이라는 글자는 거꾸로 쓰게 된다.
용이나 거북이나 모두 수신의 역할을 부여받았다. 결국
목조건물은 화재 방지가 가장 큰일인 까닭이다. 좀 더 '아는
체' 하려면 번거롭지만 '해룡海龍 낙구洛龜'라고도 쓰고
또 '용봉龍鳳 기린龜麟'으로도 쓴다. 상량문의 전형적인
문장은 규격화되어 있다시피 하다.

하늘의 해 달 별께서는 감응하시어   應天上之三光
우리 인간에게 오복을 내려주시옵소서.   備人間之五福

궁궐과 더불어 목조건축의 꽃인 절집 상량문의 기본은 일반
상량문과 크게 다르지 않다. 다만 불법佛法의 진리가 이 세상에

오래 머물기를 바라는 '정법구주正法久住'로 매듭을 짓는다. 당연히 화재 방지 기원문도 몇 구절 들어가게 마련이다. 해인사 중건 상량문도 그랬다. 해인사박물관에 보관되어 있는 이 상량문은 추사 김정희의 30대 시절 글씨로 1818년 작품이다. 재질은 푸르스름한 중국제 비단(紺色絹)인데 가로 약 5m, 세로 1m의 길이에 1행에 20자 글씨가 67행이며, 글자 크기는 3cm 정도 된다. 중후한 해서체로 금물(金泥)을 사용했는데 자신의 개성은 숨기고(물론 추사체 완성 이전의 글씨인 탓도 있다) 옛 법식을 충실하게 따르려는 의지가 엿보인다. 해인사 상량문은 지관 대종사가 해인사 주지로 있던 1973년에 큰 법당을 중수하면서 발견했다. 경상도 관찰사였던 부친 김노경이 해인사 중창을 후원한 인연으로 그의 아들이 글씨를 남길 수 있었다. 경상감영이 대구에 있던 시절이라 지리적으로도 그리 멀지 않았던 연유도 한몫했을 것이다. 이어서 동서남북상하 여섯 방향으로 들어올림을 반복하면서 화재 예방과 제불 보살의 가호를 기원했다. 마지막은 이렇게 마무리했다.

'이 사바세계의 해인사가 길이 머물기를 원합니다.

(顧長住此界 此海而此印)'

당나라 때 약산유엄 선사는 평소에 별다른 말씀이 없는 과묵한 어른이다. 그런데 어느 날 갑자기 "법당이 무너진다."고 외쳤다. 앉아 있던 제자들이 기둥을 붙잡거나 아니면 대들보를 떠받치고 야단이 났다. 그러자 선사는

'허허!'하고 웃으며 혀를 끌끌 찼다. "내 뜻을 제대로
모르는구나." 그러고는 열반에 들었다.

선사는 '입적入寂'을 '법당이 무너진다'고 표현했다. 몸을
법당이라고 한 것은 내 마음의 부처인 '자성불自性佛'을 모신
까닭이다. 그러니 '마음의 대들보'도 잘 살펴야 하는 것이다.
항상 내 몸과 내 마음의 상량을 제대로 할 것을 강조한 것이다.

눈길을 걸으면서도
뒤에 남는 발자국까지
걱정하지 말라.
사실 그냥 당신 갈 길만
유유히 바르게 가기만
하면 될 일이다.
따를 것인가 말 것인가 하는
판단은 뒷사람의 몫이다.
설사 앞사람의 발자국을
똑같이 그대로 따라 간다고
할지라도 그건 같은 길이
아니라 뒷사람이 새로
가는 길일뿐이다.

지나친 머묾은 정체를,
지나친 이동은 불안정을
내포한다. 머물고 있으면서도
늘 떠날 사람처럼 하루하루를
매듭지으며 살고, 반대로 늘
떠돌아다니면서도 영원히
머물 사람처럼 주인의식을
가지고 순간순간 살 수 있을 때
비로소 제대로 붙박이와
떠돌이의 자격을 갖춘
것이다.

3

길을 잃으면 길을 알게 된다

눈 내리는 날의
비장함과
편안함

낮눈이 진종일 내린다. 이것도 드문 풍광이다. 틈만 나면
창밖으로 눈과 마음이 돌아간다. 눈을 가장 좋아하는 것이
강아지와 어린애들이라 하지만 어른 역시 동심으로 돌아가기
마련이다. 도심에 옮겨 심은 소나무도 흰눈을 이고 서 있다.
이런 날은 모두가 시인이 된다.

눈 덮인 들판을 걷더라도　　　　　　　踏雪野中去
모름지기 걸음걸이를 어지럽게 하지 말라.　不須胡亂行
오늘 내가 남겨 놓은 이 발자국은　　　　今日我行跡
뒷사람들의 이정표가 되리니.　　　　　遂作後人程

청허휴정 선사의 〈눈을 밟으며(踏雪)〉라는 선시를 가만히

읊조린다. 그는 묘향산(서산)에 오래도록 머문 까닭에 서산
대사라는 이름으로 사람들에게 알려졌다. 일설에는 조선시대
선비 이양연의 시로 구전되기도 하는데, 이 시가 유명하게 된
결정적인 원인은 백범 김구 선생의 좌우명이었기 때문이다.
그리고 시 자체가 누구나 자신이 살아가는 방식을 다시 한
번 되돌아보게 만들어 주는 명문인 까닭이다. 인천대공원
백범광장에는 이 선시를 돌에 커다랗게 새겨 놓고 오가는
이들에게 무언의 가르침을 내리고 있다.

벌써 올겨울 들어 몇 번째 만난 흰 눈이다. 많은 양은 아니지만
그래도 적다고 할 수 없을 만큼이다. 전국의 스키장이 성업
중이라는 소식도 들려왔다. 주말 법회를 하기 위해 들른 사찰
근처에 있는 스키장 역시 붐볐다. 인근 스키 대여점은 말할
것도 없고 주변 상가까지 생기가 돌았다. 차창 밖으로 가게
간판이 눈에 들어왔다. 한결같이 주인의 개성이 드러났다.
'조선스키'는 짚신 분위기의 조선시대와 첨단의 스키가
조합된 부조화의 이미지 조화가 돋보인다. 'SKY'는 스키와
하늘이 어우러져 장쾌함을 느끼게 해준다. '이노무스키'는
일본어투이지만 쌍소리를 연상시키는 자극성으로 인하여 그
이름을 오래토록 기억하게 만든다. '에스키모'는 '스키'라는
글자가 중간에 있는 것을 발견해 내는 통찰력을 자랑한다.
'이 죽일 놈의 보드'는 그 거르지 않는 표현 때문에 돌아가는
길에 그 간판을 다시 한 번 보게 만들어 준다.

원통법수 선사는 눈 내릴 때 세 종류의 납자가 있다고 했다.

가장 못난 승려는 화롯가에 둘러앉아 먹고 떠들면서 놀고, 중간쯤 되는 승려는 먹을 갈아 붓을 들고 시를 지으며, 가장 우수한 승려는 승당 안에서 좌선을 한다고 했다. 덧붙인다면 절 살림을 도맡아 하는 원주스님은 눈 치우고 길 뚫을 일부터 걱정할 것이다. 해인사 극락전의 도견 노장님은 오대산 월정사에서 살다가 가야산 해인사로 내려온 결정적인 이유가 정말 지겹도록 내리는 눈이 너무 싫었기 때문이라고 했다. 하지만 내 눈에는 해인사 눈도 오대산에 비할 바는 못 되지만 역시 만만찮다.

선각자는 사람들을 위해 눈을 치워야 하는 걱정뿐만 아니라 후학을 위한 공부 근심 역시 가득하기 마련이다. 눈길을 걸으면서도 뒤에 남는 발자국까지 걱정해야 한다. 사실 그냥 당신 갈 길만 유유히 바르게 가기만 하면 될 일이다. 따를 것인가 말 것인가 하는 판단은 뒷사람의 몫이다. 설사 앞사람의 발자국을 똑같이 그대로 따라 간다고 할지라도 그건 같은 길이 아니라 뒷사람이 새로 가는 길일 뿐이다. 너무 서산 같고 백범다운 무거움으로 인하여 그 선시가 때론 부담스럽다. 그래서 사람들은 편안함의 언어를 찾게 된다.

지난밤에 첫눈이 엷게 내리니 　　昨夜初雪薄
오늘 아침 뒤뜰이 하얗게 되었네. 　今朝後庭素
개가 달려가니 매화꽃이 떨어지고 　拘走梅花落
닭이 걸어가니 대닢이 생기는구나. 　鷄行竹葉成

뒤의 두 행 '구주매화락拘走梅花落 계행죽엽성鷄行竹葉成'은
『어우야담』에 실려 있다. 세조실록을 편찬하는 데 간여한
채수蔡壽가 그의 손자 무일無逸과 주고받은 댓구이다. 어찌
보면 대결 구조인 두 행에 누군가 앞의 두 행을 더하면서
내용 자체를 아주 부드럽게 바꾸어 버렸다. 흰 눈 위에 새겨진
강아지 발자국을 매화가 떨어지는 것에, 닭발자국이 찍힌
것을 대나무 잎이 피어나는 것으로 비유한 그 의미가 더욱
서정적으로 되살아난다.

눈 내리는 날, 두 선시를 함께 음미하며 비장함과
편안함이라는 양변의 세계를 동시에 거닐어 본다. 그렇게 하면
제대로 된 중도中道의 세계가 나올지도 모르겠다.

한밤중에
강림한 '유로 지름신'

잠결에 휴대전화 문자가 들어오는 신호음에 눈을 떴다. 시도 때도 없이 오는 광고 문자려니 하고 다시 잠을 청하는데 얼마 후 같은 소리가 또 났다. 할 수 없이 눈을 부스스 뜨고서 시계를 봤다. 새벽 두 시였다. 혹여 긴급한 연락이 왔나 싶어 휴대전화를 확인했다.

'EURO⋯ 해외 정상승인'

이게 뭐야? 유로를 그만큼 쓸 수 있다는 안내문자인가? 하고 눈을 비비며 다시 보니 그게 아니었다. 누군가 이역만리 유럽 땅에서 내 현금카드를 쓰고 있는 것이었다. 아! 이게 말로만 듣던 해킹이라는 거구나.

얼른 카드회사로 전화했다. 신호음이 들리고 이어서

기계음성이 시키는 대로 몇 번을 따라하다 뭔가 제대로
연결이 안 되는지라 다시 시도한 끝에 겨우 사람 음성을
만났다. 칠흑같이 어두운 암자로 가는 산길에서 등불을 들고
마중 나온 이를 만난 것처럼 반가웠다. 본인 여부를 묻는 몇
가지 물음과 답변을 나누는 사이 또 승인문자가 들어오는
소리가 났다. '날 잡아봐라'하면서 계속 그어대는 모양이었다.
소비를 부채질하는 권능을 가진 '지름신'이 강림한 것일까.
겨우 지불 중지를 요청하고 이런저런 수습과정을 마치고 나니
'아닌 밤중에 홍두깨'를 맞은 것처럼 정신마저 아득해왔다.
사용처가 프랑스 잡화점이라고 했다. 카드는 한국에 있는데
사용하는 사람은 유럽에 있으니 참으로 신통방통한 일이다.
분실신고가 어렵도록 토요일 꼭두새벽을 이용하는 치밀함에

혀를 내둘렀지만, 그 한밤중에도 긴급전화를 받아 주는
카드회사의 깨어 있는 직원이 있다는 사실에 또 안심했다.
그나마 피해를 최소화한 셈이다. 만약 깊은 잠에 빠져
있었다면 더욱 황당한 일이 벌어졌을 것이다.
다음 날 아침 혹시나 싶어 그 카드로 마지막 결제를 했던
조계사 근처 가게를 찾아가 해킹 사실을 전했다. 혹시
다른 피해자가 있을 수도 있으니 단말기를 확인해 보라고
당부했다. 하지만 가게주인은 '그럴 리가 없다'는 표정으로
"주말이 지나야 확인이 가능하다."고 사무적인 어투로 말했다.
괜히 우리 가게를 의심한다는 듯한 주인의 모습에 괜한
짓을 했나 하는 생각마저 들었다. 마음이 급했기에 월요일

오전 종로구청에 가서 '본인은 그 시간에 한국에 있었다'는 증명서를 발급받아 카드회사에 제출했다. '세상에! 이런 증명서도 있구나.'

언젠가 2박 3일짜리 소규모 논강論講 모임을 주관한 적이 있었다. 편의점과 여타 가게에 들러 이것저것 필요한 물건을 샀다. 그때 휴대전화가 울렸다. 카드회사였다. 평소 나의 소비성향과 전혀 다른 내용의 결제가 계속 들어오고 있는데 혹시 카드를 잃어버린 게 아니냐는 것이었다. "본인이 맞다."고 대답하고 사정을 설명한 후, 고맙다는 인사까지 했다. 하지만 전화를 끊고 나니 갑자기 찜찜한 생각이 들었다. 이제 마음만 먹으면 누가 어디서 무엇을 하고 있는지 모두 알 수 있는 세상이 되었다는 사실을 확인한 까닭이다.

신용정보사회에서 개인정보가 '나쁜 의도'에 무방비로 노출되어 있다면 아무리 편리하고 화려한 제도라 할지라도 이는 언제 무너질지 모르는 사상누각이다. 신뢰가 무너졌다는 불쾌감이 채 가시기도 전에 득달같이 새 카드가 우편으로 도착했다. 하지만 사용하고 싶은 마음이 일어나지 않아 한동안 그대로 두었다. 이달치 카드사용 명세서는 느릿느릿 도착했다. 다행히 문제의 그 부분은 요금청구에서 제외돼 있었다. 휴! 이번 일은 이 정도에서 툭툭 털어 버려야겠다. 어차피 5일 장날 우시장에 송아지를 사러 가는 사람처럼 만날 현금을 들고 다닐 수 있는 건 아니잖은가.

그림자,
거품도 모으는 게
인간사다

아침 죽을 먹은 후 마루 위에서 댓돌의 신발을 추스르는
중이었다. "노 픽처No picture!" 단호한 목소리와 함께 여러
스님네들의 시선은 일제히 담징 끝 샛문 쪽을 향했다. 카메라
몇 대가 우리를 향해 연신 셔터를 누르던 중이었다. 어색한
침묵의 순간이 지났고 이내 주변은 평정됐다. 두어 시간이
지난 후 "차 한 잔 달라."는 전화가 왔다. 평소 알고 지내던
사진작가였다. 무박 이일로 출사를 나왔다고 했다. 대뜸 "찍을
게 없다."는 푸념을 했다. 고즈넉한 자연 풍광과 어우러진
옛 정취를 찾아다니지만 어디건 전깃줄, 소화전, 스피커,
현수막 때문에 '그림'이 안 되는 경우가 대부분이라고 했다.
순간 달포 전에 다녀갔던 불교 미술사를 연구하는

소장학자에게 부탁받은 일이 떠올랐다. 법주사 마애불은
'일어나려는 순간'을 새긴 것이라고 했다. 발가락에 힘을
주면서 자연스럽게 허리가 가늘어지는 자태가 여느
마애불과는 다른, 동적(動的)인 모습이 압권이라고 설명했다.
하지만 마애불 전면에 놓인 단(壇, 탁자)이 발부분을 가리고
있어 그 명장면을 찍을 수가 없다는 안타까움을 토로한 후
돌아갔다. 가능하다면 사진을 찍어 달라면서.
이제까지 아무 생각 없이 그 앞을 지날 때마다 잘생긴
얼굴만 바라보며 두 손을 모았다. 그날 이후 발가락까지 눈에
들어오기 시작했다. 하긴 진짜 미인은 몸맵시까지 제대로
드러나야 한다. 몇 년 전에 의욕적(?)으로 설치했다는 화강암
탁자의 틈과 4개의 다리 사이를 비집고 억지 감상을 하며 여러
날을 보냈다.

마침내 돌 탁자를 옮기기로 했다. 탁자는 엄청 무거웠다. 젊은
학인과 행자를 포함한 10여 명이 달라붙어 들어내야 했다.
태풍이 지나간 뒤라 겹겹의 거대한 바위 사이로 구석구석
잎들이 어지럽게 흩어져 있었다. 끼여 있던 묵은 잎들까지
쓸어 내니 그 옛날 노천 법당의 분위기가 제대로 살아났다.
가려지기 전 마애불의 자연스러운 본래 모습을 만나는
기쁨을 누렸다. 연꽃무늬가 새겨진 직사각형 바닥돌과의
조화로움은 불상을 더욱 돋보이게 했다. 특히 힘을 잔뜩 주고
있는 엄지발가락과 날렵한 허리선을 중심으로 여러 장 반복해
사진을 찍었다.

몇 년 전 큰맘 먹고 인천공항에서 소형 디지털카메라를 구입하기 전에는 모든 걸 마음에만 담아 뒀다. 사진 찍기에 치중하다 보면 주변 분위기를 제대로 느끼고 즐길 수 없다는 나름의 고매한(?) 이유에서였다. 10여 년 전 전문가들과 함께 유럽과 일본으로 현대건축기행을 다녔던 기억은 지금도 생생하다. 하지만 가진 사진이 한 장도 없다. 지금까지도 후회막급이다. 일행 중 두 분은 이미 고인이 됐다. 노 픽처No picture, 마음사진은 결국 망각만 남길 것이다. 올해 초 인도 타지마할에서 사진 삼매에 빠져 한 시간 늦게 일행들과 합류하는 바람에 뒤통수가 무척 따가웠다. 하지만 지금도 사진을 보며 그때를 떠올리면 마냥 행복하다. 마음에 담아 둔 건 사진으로 재생할 수 없지만, 사진은 다시 마음영상으로 환원할 수 있기 때문이다.

『금강경』엔 '모든 존재는 이슬과 같고 거품과 같고 그림자와 같다'는 구절이 있다. 찰나에 생겼다가 찰나에 사라지는 게 주변사이기 때문이다. 그럼에도 불구하고 사람들은 순간 속에서 영원을 포착했다. 특히 사진이 그랬다. 성철 스님은 사진집인 『포영집泡影集』을 남겼다. 그림자(影)와 거품(泡)을 모아 둔다(集)는 게 어디 가당키나 한 일인가. 그래도 때때로 모아야 하는 게 인간사다.

주전자가
찻주전자가 되듯
번뇌도 깨달음이
된다

🌿

그 차인을 처음 만난 것은 몇 년 전이다. 그 뒤 매년 이맘때
즈음이면 잊지 않고 일부러 찾아와 손수 법제한 차를 한 봉지
갖다 준다. 올해도 그 마음은 변함없었다. 하지만 서로 자꾸
길이 어긋나 이번에는 우편물을 통해 받았다.

얼마 전 KTX 열차를 탔을 때 기내지에 그 차인을 소개하는
기사를 보게 되었다. 자기 차밭을 경작함은 물론 개인서당까지
운영하고 있음을 남의 글을 통해서 알게 되었다. 그가 보낸
차는 특이하게도 뜨거운 물을 부으면 누워 있던 찻잎이
수직으로 일어선다. 맛과 향도 그만이지만 무엇보다도 눈 맛이
일품인 까닭에 언제나 투명한 유리 다관에 넣고 우려내면서
그 모양새를 즐기곤 한다.

절기로 곡우 이전 무렵에 나온다는 우전차雨前茶는 햇차를
상징하는 말이었다. 그런데 언젠가 지인이 중국을 다녀오면서
'명전차明前茶이니 맛보라'고 하면서 주고 갔다. 곡우보다
한 절기 앞선 청명清明 무렵에 나온 차라는 것이다. '햇차는
우전차'라는 등식이 깨지는 순간이었다. 하긴 따뜻한 운남성은
곡우 보름 전인 청명 무렵이면 햇차가 나올 만도 하다.
지구온난화 영향 때문인지 한반도 동쪽은 양산 통도사가
한계선이던 차가 요즈음은 좋은 물로 유명한 경주 기림사까지
올라왔다. 그 물을 차와 함께 묶어 보려고 몇 년 전 차밭을
조성했다. 물론 일부는 추위를 견디지 못하고 얼어 죽기도
했지만 대부분의 차나무들이 몇 년째 겨울을 무사히 넘겼다.
대구 팔공산에도 한 독지가가 10여 년 전 3만 그루의 차나무를

천여 평 부지에 심었는데 올해 첫 수확을 했다고 한다.
겨울마다 비닐하우스와 방풍망을 설치하고 바닥에 왕겨를
뿌리는 등 다소 인위적인 노력이 더해지긴 했지만 어쨌거나
차밭이 조성되었다는 사실 자체가 경이롭다. 이 추세라면
곧 이 땅의 제주도 차 역시 '명전차' 상표가 붙을 날이
머지않았다.
'초엽 따서 상전께 주고, 중엽 따서 부모께 주고, 말엽 따서
남편께 주고, 늙은 잎은 차약 찧어 아이 아플 때 먹인다.'
구전되는 민요에서 보듯 차는 새잎보다는 오래된 잎이 약효가
더 뛰어나다. 지리산 언저리에 살고 있는 도반 스님 방에는
찧어 놓은 차약 두 덩어리를 축구공만 한 크기로 매달아

마을의 '주전자'는 절집에
오면 '차관'이 된다. 막걸리를
담는 게 아니라 청정수를
올리는 데 주로 쓰기 때문이다.
어쨌거나 같은 그릇이지만
무엇을 담느냐에 따라 주전자가
되기도 하고 차관이 되기도
한다. 주전자가 차관이
되는 것처럼 번뇌가 바로
깨달음으로 바뀌는 것이니,
범부의 모습으로 성인이
되는 것 역시 그리 어려운
일만은 아니다.

놓았다. 수십 년 지나면 오래된 보이차만큼 그 값어치가
만만찮게 될 것이라고 너스레를 떨었다. 차 따는 시절이나
찻잎 모양이 차 맛이나 약효를 결정짓는 요소는 아니다. 중국
오룡차나 철관음차를 퇴수기에 모아 놓으면 잎이 손가락
크기만 하다. 참새의 혀 같다고 하여 작설이라는 이름이 붙은
우리 찻잎에 비해 그 크기와 모양이 참으로 대비된다.

송나라 때 고위관료인 연빈이 초경원이란 절을 방문했다.
낭_䛦 상좌가 찻물을 끓이다 말고 차솥을 엎으니 연빈이
의아해하며 물었다.

"차 화로 밑에 무엇이 있습니까?"

"화로를 받드는 신이 있습니다."

"화로를 받드는 신이 있는데 어찌하여 차솥을 뒤엎는 거요?"

"천일 㡩 의 벼슬살이를 하루아침에 잃었습니다."

그 말에 연빈은 다짜고짜 매우 불쾌해하며 나가 버렸다.

하긴 차 맛이 따로 있는 것이 아니다. 누구와 함께 마시는가에
따라 그 맛이 결정된다. 일본속담에 '고차무차 苦茶無茶'라고
했다. 쓴 차를 대접받았거나 차 한 잔 얻어먹지 못한 푸대접을
이르는 말이다. 주인장으로서는 찻상을 마주하고 싶지
않았거나 마지못해 대접했다면 '고차무차'가 되기 마련이다.
하지만 같은 '무차'라고 할지라도 '백차 白茶'가 된다면 이건 한
경지 더 올라간 것이다.

묵은 빈 다관에 찻잎을 넣지 않고 그냥 끓는 물을 넣어 우려
내는 것이다. 묵은 차향이 배어져 나와 나름대로 독특한

맛의 경지를 보여 준다. 이를 즐길 수 있다면 설사 무차라고
할지라도 제대로 대접받은 것이 된다. '벼슬은 하루아침에
잃을 수 있다'는 말을 듣고도 개의치 않고 차를 즐길 수 있는
무덤덤함이 아쉽기만 하다.

차茶는 주로 '차'라고 읽지만 '다'로도 발음한다. 그 음은
당나라 때까지는 중고음이 '다'였다가 송대에 이르러 '차'로
변하였다. 그런데 우리나라에는 '차'라는 말이 구어로 먼저
들어오고 '다'라는 음은 후에 들어와 자전字典의 음이 되었다.
그러다 보니 뒤죽박죽 사용된다. 하지만 관습도 무시할 수
없다. '다선삼매'를 '차선삼매'으로 바꾸어 읽으면 어색해진다.
'다방'을 '차방'으로 발음하는 것도 마찬가지다.

마을의 '주전자'는 절집에 오면 '차관'이 된다. 막걸리를
담는 게 아니라 백차인 청정수를 올리는 데 주로 사용하기
때문이다. 하지만 이를 '다관'이라고 하지는 않는다. 어쨌거나
같은 그릇이지만 무엇을 담느냐에 따라 주전자가 되기도 하고
차관이 되기도 한다. 주전자가 차관이 되는 것처럼 번뇌가
바로 깨달음으로 바뀌는 것이니, 범부의 모습으로 성인이 되는
것 역시 그리 어려운 일만은 아닌 것이다.

주광 선사가 평소 애용하던 찻잔으로 막 차를 마시려고 하는
참이었다. 일휴 선사가 큰소리를 지르면서 쇠로 만든 구슬을
집어 던져 그 찻잔을 깨버렸다. 그럼에도 불구하고 주광은
조금도 동요하는 기색 없이 이렇게 말했다.

"버들은 푸르고 꽃은 붉다."

그러자 일휴는 흔들리지 않고 차 마시는 경지를 크게
칭찬하면서 원오극근 선사의 묵적(墨跡, 글씨)을 선물로 주었다.
주광은 이를 표구하여 자신이 기거하던 암자에 걸어 놓고
일념으로 차를 즐겼다. 그리하여 마침내 불법이 다도 가운데
있음을 깨달았다. 이름하여 다선삼매茶禪三昧였다.

해와 달의
길이 따로
있으리오?

성철 스님이 파계사에서 철조망을 치고 동구불출(洞口不出, 암자
밖으로 나서지 않음)하며 10여 년을 머물렀다. 물론 참선도 게을리
하지 않았다. 하지만 세간에 전해져 오는 것은 대장경을 두루
열람하신 것으로 알려진다. 또 장경각(개인 도서관)이라고 불릴
만큼 누구보다도 많은 경전을 소유했고 열심히 읽었다. 불교
경전뿐만 아니라 다른 종교 서적은 말할 것도 없고 주변
학문에도 밝아 설법할 때마다 종횡무진으로 인용했다. 그런데
늘 후학들에게 "정진할 때는 책을 보지 말라."고 하셨다.
도대체 '이 모순을 어떻게 이해해야 하는가?' 하는 것이 때론
화두 아닌 화두가 되기도 했다.
이런 논리는 '강을 건넌 후 뗏목을 버려야 한다'는 초기불교의

뗏목론에서 시작하여 중국으로 오면서 '고기를 잡으면
통발은 필요 없다'는 장자의 득어망전(得魚忘筌)에 바탕하는
통발론으로 이어졌고, 급기야 '팔만대장경은 고름 닦는 종이에
불과하다'는 선종 휴지론의 연장선상에 있다고 할 수 있다.
 중국 선종을 실질적으로 대표하는 육조혜능 선사는 나무꾼
시절 '응무소주이생기심(應無所住而生其心)' 즉 응당 머무는
바 없이 그 마음을 내라는『금강경』의 한 구절을 듣고서
마음의 경지가 달라졌고, 이로 인하여 출가를 결행하게 된다.
『육조단경』「덕이본」에 의하면 스승 홍인에게 금강경 강의를
들으면서 바로 그 구절인 '응무소주이생기심'에서 일체만법을
크게 깨달았다.
고려 선종에서 우뚝한 업적을 남긴 보조지눌 선사는
『육조단경』을 읽다가 깨달음을 얻었다. 그리고 늘 곁에
『서장』과『육조단경』을 두고 정진했다. 혜능과 지눌은 경전을
통하여 자기의 안목이 열린 탓에 경전에 대하여 비교적
긍정적 입장을 견지하고 있다. 하지만 부정론도 못지않다.
향엄지한 선사는 스승 위산에게 "부모로부터 태어나기
이전의 네 모습(父母未生前 本來面目)은 무엇인가."라는 질문을
받고 그동안 열람했던 경전 속에서 결국 해답을 찾지 못했다.
그래서 헛공부했다면서 경전을 불지른다. 그때 어떤 학인이
가까이 와서 "늘 갖고 싶었던 책이니 저 책만은 태우지
말고 나를 달라."고 졸랐다. 하지만 그는 도리어 "내가 이것
때문에 평생 피해를 입었다. 그대가 요구해도 그 폐해를 아는

나로서는 줄 수가 없다."라고 하면서 남김없이 태워 버렸다.

대혜종고 선사는 선종의 최고 저작물이라고 평가받는
『벽암록』을 불태워 버렸다. 이 책은 그의 스승 원오극근
선사의 저작이다. 그때나 지금이나 이 책에 의거해서
깨달음의 증표를 삼을 만큼 명저이다. 하지만 어느 날 당시의
수행자들이 이 책을 읽고 외우고 또 앵무새처럼 교과서대로
문답하는 광경을 목격하게 되었다. 수학 문제를 제대로
이해하지 못한 채 통째로 외워서 답안지를 메우는 격이었다.
알음알이로 수행의 척도를 삼는 우려할 만한 상황이 도처에
만연한 것을 그대로 두고 볼 수 없었다. 그래서 수집할 수 있는
대로 모아서 책 다비식을 했다.

하지만 임제 선사는 이 모든 과격한 행동에 대하여 또 다른
해석을 내놓고 있다. '몸과 마음 그리고 심지어 진리까지도
실체가 없다는 사실을 아는 것이 진정한 경전 불사르기'라고
정의하면서, 혹여 님에게 보여 주기 위한 인위적인 불장난에
대해서는 가차 없는 비판을 날렸다.

경전으로 인하여 깨달음의 지남(指南, 이끌어 가르침)을 얻은
수행자가 있는가 하면 대장경으로 인하여 허송세월을
보낸 스님들도 많다. 따라서 전자는 긍정론적 시각을
가지게 되고 후자는 부정론을 펴게 된다. 결국 경전 자체의
허물이라기보다는 당사자의 수행 결과에 경전이 어떤 역할을
했는가 하는 것이 관건이다. 물론 축자주의(逐字主義, 원문의
글자 하나하나를 그대로 따르는 방식을 내세우거나 고집하는 태도)에 매몰된

하수 下手는 언급할 대상조차 못된다.

뗏목론과 통발론 그리고 휴지론이 "참으로 옳은가?"를 묻는
후학의 질문에, 파릉 선사는 "닭은 추우면 나무로 올라가고,
오리는 추우면 물로 내려가느니라.(鷄寒上樹 鴨寒下水)"고 말했고,
낙포 선사는 "해와 달이 허공에 오가는데 누가 따로따로
길이 있다고 하리오.(日月幷輪空 誰言別有路)"라고 대답했다.
여전히 그 말씀도 보통 사람들에게 난해하고 또 알쏭달쏭한
시어 詩語이지만 그래도 곰곰이 헤아려 보면 그 속에 해답이
있을 것도 같다.

'공부의 신'을
만나다

이즈음 전자메일함을 열 때마다 영어로 된 편지가 곧잘
들어와 있다. 재주를 돌아보지 않고 의욕만 앞세운 채
전통사상서 한글 번역 및 영역英譯 작업에 끼어든 탓이다.
한문으로 된 한국 역대 고승들의 명저를 엄선한 13권이 1차
작업의 대상이었다. 한글본 7권은 지난해인 2009년 12월에
이미 나왔고 나머지 6권은 다가오는 3월 하순 무렵 출간을
앞두고 있다. 이제 한글 번역작업은 거의 막바지에 이르렀다.
지구촌 시대라 모두가 비행기를 버스 타듯 하고 이웃나라를
'마실' 가듯 다닌다. 해외 어학연수를 동네 학원 가듯 하는
세상이 되었고, 지자체마다 '영어마을'이란 상업적인 간판마저
당당하게 내걸기에 이르렀다. 많은 대학과 연구소는 이미

영어 상용화를 현실화하고 있다. 영어의 공용화마저 거스를
수 없는 대세가 된 듯하다. 한국의 불교문화 역시 이 흐름에서
자유로울 수 없다.

그래서 지관 대종사는 노구를 이끌고 영역 사업을 발원한
것이다. 이런 흐름을 비교적 빨리 간파한 곳이 티베트
불교계였다. 영어 시대를 오래 전에 이미 예언한 것이다.
티베트 망명정부가 살아남은 것도 결국 구성원들의 '유창한
영어실력'의 결과였다. 일찍부터 그들은 세계 곳곳에 문화원을
세웠다. 그 덕분에 지구촌에서 가장 잘 알려진, 그리고 영향력
있는 교단이 되었다. 얼마 전에 달라이 라마가 백악관에서
오바마 대통령을 만난 사진이 크게 언론을 장식했다.

대국인 중국을 의식해 '뒷방'에서 만났음을 유독 강조했고,
공식적으로 내놓은 것은 유일한 한 컷짜리 사진이 전부였지만
이런 외교력 역시 영어불교를 빼곤 설명이 어렵다.

국가적 어려움이 오히려 세계화를 지향하도록 만들었으니
이를 전화위복이라고 하지 않을 수 없다.

하지만 남의 나라 언어를 습득하는 것이 말처럼 그리
녹록한 일은 아니다. 그 옛날 인도에서 중국으로 불교문화를
전파하고자 건너 온 승려들은 당연히 중국어 때문에 애를
먹었다. 지금처럼 학원이 우후죽순처럼 서 있는 시절이
아니었으니 독학 내지는 개인교습을 받는 수밖에 없었다.
그런데 인도 말과 중국어를 동시에 구사하는 선생을 만나기란
모래톱에서 바늘을 찾는 것보다도 더 어려운 일이었다.

게다가 종교적 열정과 언어습득 능력은 반드시 비례하는 것도 아니었다. 대부분 얼기설기 괴발개발 해가며 독학의 길을 걸었을 것이다. 구나발타라 스님 역시 그랬다. 5세기 즈음 인도에서 중국으로 왔으나 서툰 중국어가 더 이상 늘지 않았다. 그래서 그가 마지막으로 선택한 것은 기도였다. 간절한 마음으로 기원하던 어느 날 밤, 흰 옷을 입은 사람이 나타나 머리를 통째로 바꾸어 주는 꿈을 꾸었다. 그 이후부터 중국어가 유창해졌다. 그야말로 '공부의 신'을 만난 셈이었다.

중국어건 영어건 아무리 잘한다 할지라도 모국어가 아닌 이상 언어 스트레스에서 자유로울 수 없다. 일정한 경지에 오르기 위해서는 각고의 노력이 필요하다. 왕도가 없는 줄 뻔히 알면서도 편법으로 누구든지 '한 방에' 끝낼 수 있는 지름길 내지는 요행수를 찾기 마련이다. 그런 사람들의 희망이 모여 있는 종교적 전각들이 더러 있다. 일본에는 입시철마다 공부를 잘하게 해달라고 비는 신사가 곳곳에 있고 우리나라에도 수험 기도에 영험이 있다는 몇몇 사찰들이 입소문을 타고 있기도 하다.

요즘 시대에 '영어'하면 떠오르는 인물은 원명 스님이다. 영어를 익히게 된 동기가 참으로 선적禪的이기 때문이다. 스님은 출가 이후 10년 동안 참선 공부를 하기 위해 선방을 전전했다. 그러던 어느 날이었다. 스승인 성철 스님에게서 받은 화두는 간 곳 없이 저만치 멀어져 버렸고, 그 사이를 비집고 망상이 끼어들기 시작했다. 그런데 그 망상이 참으로 재미있는 내용이었다. 난데없이 학교 다닐 때 배우던 영어가 생각나기 시작한 것이다. 보통은 잠깐 그러다가 사라지기 마련인데 이건 그게 아니었다. 그 내용이 모두 외워질 정도로 또렷하게, 그리고 오래도록 계속되었다. 영어가 화두 자리를 대신한 채 하루 이틀이 아니라 지속적으로 머릿속을 빙빙 돌았다. 그래서 해제하면 서울 가서 딱 석 달만 영어 공부를 하고 와야겠다고 마음먹었다. 일종의 망상 치료법이었다. 그동안 참선을 통해 의식이 맑아진 탓인지 실력은 일취월장했다. 그렇게 배운 영어는 자연히 외국에 대한 관심으로 이어졌다. 그 뒤 스님은 우리나라의 불교문화를 외국에 알리는 데 남다른 열정으로 평생을 헌신했다. 선방에서 무단히 떠오른 영어 망상이 그가 만난 '공부의 신'이었던 것이다.

말콤 글래드웰의 『아웃라이어』에 '일만 시간의 법칙'이 나온다. 진정으로 좋아하는 것을 10년 동안 하루 3시간 이상 꾸준히 노력하면 전문가가 된다는 설이다. 7080세대의 많은 사람들이 10년 동안 영어 공부를 하느라 날마다 3시간이 아니라 그 이상 투자했을 텐데 대부분 만족할 만한 성과를 거두지 못했다. 결국 일만 시간의 법칙이 통하지 않았다. 그 이유는 진정으로 좋아하지 않았기 때문이 아닐까.

세상은 영어를 할 줄 아는 사람과 모르는 사람으로 나누어도 될 만큼 세계화되었다. 그래도 절집에서는 고전 한문만 제대로 해도 외국어를 잘하는 것으로 인정해 줬다. 다행히도 역경승

구마라집과 현장 법사의 헌신적 노력의 결실로 완성된 방대한 한역대장경 때문에 다른 외국어를 몰라도 '학자 노릇'을 하는 데 별다른 불편함이 없었다. 나 또한 그동안 한문 독해력을 밑천 삼아 학승 행세를 하며 살아왔다. 하지만 얼마 전 일본 하나조노 대학 선학연구소 관계자들과 자리를 함께했을 때, "다음 생生에는 영어, 일어, 중국어를 능숙하게 구사할 수 있기를 발원하고 있다."라고 하여 그만 속내를 드러내고 말았다. 하긴 구나발타라 스님처럼 지금이라도 '공부의 신'을 각각 세 번 만나기만 한다면 당장 3개 국어가 능통할 수 있는 길이 없는 것도 아니다.

달을 가리키는
손가락,
자서전

몇 년 전 난생 처음 인터뷰 요청이 들어왔을 때 그
당황스러움은 아직까지 기억에 생생하다. 해인사에서
오랫동안 관여했던 월간지에서 '선관예우'를 한납시고
이루어진 인물 취재였다. 사진 찍던 사람이 도리어 찍히는
듯한 기분인지라 내심 피하고 싶었다. 하지만 옛정 때문에
어쩔 수 없이 응했다. 그 과정에서 나름대로 요령을 부렸다.
편집자의 수고를 덜어 준다는 핑계 아닌 핑계를 대면서 서면
질문지를 받아 스스로 모범답안을 작성했던 것이다. 덕분에
자연스럽게 살아온 날을 뒤돌아보는 기회를 가졌다. 길지도
않은 세월의 흔적 속에서 외형이나마 그럴 듯한 행적을
중심으로 정리했다. 결국 평범한 필자가 어느새 '꽤 괜찮은

인물'로 그려져 있는지라 스스로 실소를 금치 못했다.

얼마 전 유수사찰 사보_{寺報}에서 두 번째 인터뷰 요청이 왔다. 대담자와 평소 친분이 있어 편안했는지 이런저런 사적인 이야기까지 늘어놓았다. 얼굴이 두꺼워졌는지 내공이 쌓였는지 알 수 없지만 몇 년 사이 나도 모르게 조금 용감해져 있다는 사실을 발견했다. 어쨌거나 자기 내면세계를 있는 그대로 드러낸다는 것은 쉬운 일이 아님을 새삼 알았다. 두 번의 인터뷰 기사를 합친다면 나의 부분적인 자서전은 될 듯하다.

사실 자서전은 아무리 솔직하게 쓴다고 해도 현재 남아 있는 기억에 의해 다시 구성된 허구에 불과하다. 왜냐하면 누구든지 의식적이건 무의식적이건 기억 자체가 탈락과 변형 과정을 거친 결과물인 까닭이다. 그래서 자신을 솔직하게 드러낸다고 해도 그게 오히려 역으로 자신을 합리화하는 내용으로 바뀌어 버리는 근원적인 한계를 지닌다. 아예 의도적으로 버리고 싶은 과거 위에 부풀려 포장한 업적을 덧씌우면서 사실과 다른 자기를 재창조하기도 한다. 또 살다 보니 그렇게 되었을 뿐인데 마치 그렇게 되기 위해 살아온 것처럼 결과론적 해석을 내놓는 함정 속으로 스스로를 빠뜨리기도 한다. 이런저런 이유로 자서전은 십중팔구 외면받기 쉬운 위험한 장르이기도 하다.

친일 인명사전의 명단에서 빠지고 싶은 것처럼 누구나 살다 보면 덮어 버리고 싶은 부끄러운 과거가 있기 마련이다.

그리고 『삼국유사』에 나오는 복두장이처럼 '임금님 귀는
당나귀 귀'라고 소리쳐야 할 일도 많다. 그래서 자서전의 가장
큰 심리적 역할은 자기 정화라는 카타르시스 기능이라고 했다.
때론 자기 방어 본능에서 나오기도 한다. 동화작가 안데르센은
세 번의 자서전을 남겼다. 세 편 모두 고백의 형식을 띠고
있는데, 평론가들의 혹평에 맞서 자신을 지키기 위한
방편으로 썼기 때문이다.

성직자들만큼 고백을 좋아하는 부류도 드물다. 그렇지만
대부분 남의 고백만 해당된다. 정작 자기 고백은 대부분
소홀하다. 그 이유는 늘 상대방에게 보여 주기 위한 삶을
살아온 탓이다. 그리고 그들은 항상 자기보다 똑똑한 남을
가르치려고 든다. 중세도 그랬고 요즘도 마찬가지다. 사실
황금사슬이든 오랏줄이든 얽혀 매여 있는 것은 매한가지다.
종교에 얽매여 있는 것이나 세상일에 얽매여 있는 것이나
얽매인 것에 무슨 차이가 있겠는가? 노름하다가 소를 잃으나,
책을 읽다가 소를 잃으나 결과적으로 소를 잃어버린 점에선
아무런 차이가 없다. 그럼에도 책을 읽고 있었다는 선행,
그리고 사슬의 재료인 황금에만 집착한다. 이것이 종교인이
가진 한계다.

사실 제대로 된 고백이란 솔직함이 전제되어야 한다. 즉
생각에 힘을 뺄 때만이 가능한 일이다. 성 아우구스티누스의
『고백록』은 종교인 자서전 중에서 솔직함으로 가장 유명하다.
달라이 라마의 자서전 『티벳! 나의 조국이여』는 망명객의

진솔한 아픔이 녹아 있다. 문선명 목사의 자서전은 무슨 연유인지 모르지만 솔직함의 여부와는 상관없이 '읽지 말자'고 외치는 안티 그룹도 있었다. 어쨌거나 누구든지 고백을 통해 자신의 삶을 만인에게 헌상하는 것은 참으로 용기 있는 일이다. 그래서 불완전하지만 그것으로 인해 도리어 감동을 주기에 일부 자서전은 많은 사랑을 받아왔다.

얼마 전 조계종 종정 법전 스님의 자서전『누구 없는가』가 나왔다. 출간을 위해 나도 곁에서 미력이나마 보탰다. 스님을 오랜 세월 옆에서 지켜봤지만 언제나 별로 말씀이 없다. 어릴 때 스님의 어머니조차 아들에게 '차갑다'는 말씀을 자주 했다고 한다. 스님은 항상 혼자였다. 딱히 정해 놓고 자주 찾아오는 도반도 없었다. 그렇다고 해서 별다른 취미가 있는 것도 아니었다. 시간 나면 참선하고 마당에서 풀 뽑고 또 산에서 나무하고 포행(布行, 산책) 다니는 것이 일과의 전부였다. 혹 아랫사람에게 시킨 일이 그런대로 흡족하면 잠깐 밝은 표정을 지었고 별로 마음에 들지 않으면 무표정했다.

그런 성정인 스님을 당신이 원하지도 않는 책을 만들어 드린다고 몇몇이 뜻을 모았다. 몇 년을 따라 다니면서 계속 '기억을 더듬어 보시라'고 때 아닌 떼를 써야 했다. 팔순이 넘은 연로하신 어른에게 참으로 어려운 일을 시킨 것이다. 물론 구술을 턱 밑에 앉아서 받아 쓴 이는 더 힘들었을 것이다. 문지방이 닳도록 드나들었고 불원천리하고 주변인까지 찾아 나섰기 때문이다. 따지고 보면 그런 못할 짓들이 모인 결과가

이 책이다. 어쨌거나 친설親說을 통해 '고전적 선승'의 수행과
삶이라는 한 평생 궤적을 담담한 고백으로 들을 수 있었다.
스님의 개인사를 통해 한국의 근세 백년사를 고스란히 녹여
낸 것이 이 작업의 가치라고 서로 치켜세우면서 자화자찬했다.
문선왕(공자)은 술이부작述而不作을 말했다. 늘 있는 것을 그대로
기록할 뿐 새롭게 지어낸 것은 없었다고 했다. 아난 존자는
항상 '이와 같이 들었다'는 여시아문如是我聞으로 경전의
서두를 장식했다. 자서전 펴내는 일을 도우면서 '술이부작'과
'여시아문'이란 말을 유달리 강조했던 두 성현의 속내까지
이심전심으로 읽혀졌다.
결론적으로 자서전이란 어떤 이에게는 물고기를 잡고
난 뒤의 통발 같은, 혹은 강을 건넌 뒤 돌아보지 말아야 할
뗏목처럼 쓸데없는 허망한 책일 수도 있겠다.
하지만 그래도 또 다른 사람에게는 '달을 가리키는 손가락'
역힐은 할 터이다.

칭짱 열차의
철길
그리고
오체투지의
흙길

티베트로 가는 칭짱 열차의 시발점은 칭하이(青海)성
시닝(西寧)이었다. 지인은 차표를 예매해 놓고 대합실
입구에서 우리 일행을 기다리고 있었다. 그를 따라 한자로
'청진淸眞'이라고 표기된 무슬림 식당으로 갔다. 그들은 이슬람
모스크도 청진사淸眞寺라고 불렀다. '사寺'라는 글자는 종교의
영역을 가리지 않고 차용되고 있었다. 지역을 대표하는
음식이며 출신 지역에 관계없이 누구나 먹을 만하다는 국수를
추천했다. 한 그릇을 맛있게 비우고 나니 쌀쌀한 날씨로 인해
경직된 몸과 여행이 주는 들뜬 마음이 함께 누그러졌다.
밖은 이미 깜깜했다. 도대체 얼마나 멀기에 24시간 동안
기차를 타야 한다는 것인지 실감이 나지 않았다. 서울과

부산 사이를 3시간에 달려야만 직성이 풀리는 우리에게
호기심 반 긴장감 반을 불러일으켰다. 침대칸에 여장을
풀고 잠을 청했지만 쉬 눈이 감기지 않았다. 비몽사몽간에
열차는 나그네들의 잠을 깨우지 않을 만큼 조용히 밤새
편안하게 달려 주었다. 창밖에는 추석이 가까워졌음을 알리는
조금 이지러진 보름달이 허공에 매달린 채 계속 열차를
따라왔다. 해발 수천 미터의 고산지대인지라 간식으로 준비한
과자봉지는 금방이라도 터질 것같이 팽팽하게 부풀어 올랐고
일행 중 몇몇은 두통과 어지럼증을 호소했다. 하지만 언젠가는
참배해야 할 의무가 있는 성지인지라 그 정도 수고는 당연히
감수해야 할 일이었다. 티베트 불교의 중심지 라싸(拉薩)는
이런 통과의례를 치러야만 갈 수 있는 '높은(?)곳'이었다.

이른 아침에 들른 시내 중심가의 조캉사원(大照寺) 앞에선
수많은 남녀노소가 0.5평의 자기 방석 위에서 온몸을 바닥에
내던지며 절을 하는 오체투지(五體投地)의 장관을 연출하고
있었다. 한 명 혹은 서너 명이 하는 오체투지는 더러 보았다.
하지만 이처럼 대규모 인원이 한 공간에서 절하는 장면은
그 자체로 경이로움이었다. 사원의 참배 코스인 둘레길을
따라 한 걸음 한 걸음 옮길 때마다, 온몸으로 절하며 돌고 있는
순례객을 만나는 일도 다반사였다. 티베트에서 오체투지는
별스러울 것도 없는 수행법이다. 척박한 자연환경 속에 살면서
절 수행을 통해 녹록치 않은 현실을 이겨 냈고, 때론 시절이
만들어 낸 정치적 모순을 향해, 침묵의 시위 아닌 시위를

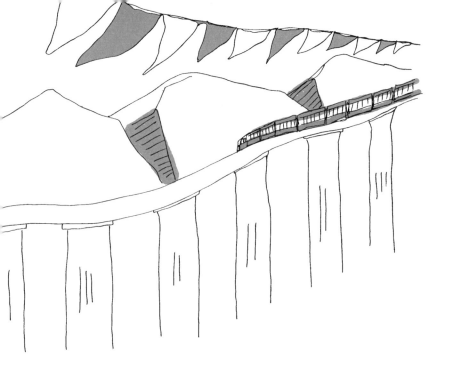

느리디느린 오체투지 기도
역시 그들이 원하는 바를 찰나에
얻게 할 수는 없을 것이다.
그럼에도 칭짱열차는 오늘도
씩씩하게 달린다.
더불어 먼지 폴폴 날리는 길 위의
오체투지 행렬도 여전히
이어지고 있다.

해왔던 것이다. 그것은 티베트 불교가 가진 또 다른 힘이요,
내재된 생명력이었다.

낡은 헝겊 가죽으로 앞치마를 두르고 무릎과 팔꿈치 그리고
손바닥에 보호 장구를 갖추었다고 해도 땅바닥에 부딪히는
이마에 굳은살이 박여 있는 스님. 그와 결국 눈이 마주쳤다.
절을 하면서도 입에서는 '옴 마니 반메 훔'이 끊이지 않았다.
그의 오체투지는 우리를 대신하여 발 디디고 서 있도록
해주는 땅을 향한 감사의 표시처럼 느껴졌다. 대지는 그
화답으로 흙 위에 존재하는 사람에게 영감靈感의 원천을
제공해 왔을 것이다.

그 순간 몇 년 전에 봤던 작품이 뇌리를 스쳐갔다.
절을 하며 기어가는 순례자와 달리는 열차의 모습을 동시에
포착한 외신기자의 사진 한 컷이었다. 새로 만든 철도 위로
번쩍이는 기차가 위용을 자랑하는데, 철길과 나란히 뻗은
길을 따라 오체투지로 성지순례에 나선 남루한 참배객의
모습이 그림처럼 정지된 사진이었다. 정치와 종교, 기술과
신앙이라는 두 명제가 모순과 조화를 이룬, 21세기 삶의
양면을 한 장으로 압축한 명작이었다.

정치 경제의 쇠바퀴가 아무리 빠른 속도로 구른다
할지라도 그것이 티베트의 현안을 일거에 해결하지는
못할 것이다. 느리디느린 오체투지 기도 역시 그들이
원하는 바를 찰나에 얻게 할 수는 없을 것이다.
그럼에도 칭짱 열차는 오늘도 씩씩하게 달린다.

더불어 먼지 폴폴 날리는 길 위의 오체투지 행렬도 여전히
이어지고 있었다.

맺힌 것은
풀고
풀린 것은
묶다

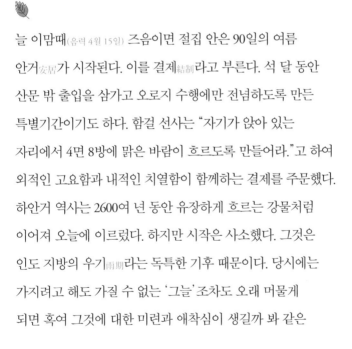

늘 이맘때(음력 4월 15일) 즈음이면 절집 안은 90일의 여름
안거安居가 시작된다. 이를 결제結制라고 부른다. 석 달 동안
산문 밖 출입을 삼가고 오로지 수행에만 전념하도록 만든
특별기간이기도 하다. 함걸 선사는 "자기가 앉아 있는
자리에서 4면 8방에 맑은 바람이 흐르도록 만들어라."고 하여
외적인 고요함과 내적인 치열함이 함께하는 결제를 주문했다.
하안거 역사는 2600여 년 동안 유장하게 흐르는 강물처럼
이어져 오늘에 이르렀다. 하지만 시작은 사소했다. 그것은
인도 지방의 우기雨期라는 독특한 기후 때문이다. 당시에는
가지려고 해도 가질 수 없는 '그늘'조차도 오래 머물게
되면 혹여 그것에 대한 미련과 애착심이 생길까 봐 같은

나무 밑에서 사흘 이상 머물지 않았던 시절이었다. 그런
철저한 무소유와 무주(無住, 잠시 머묾)를 실천했지만 석 달 동안
내리는 폭우 앞에선 어찌할 수가 없었다. 거친 비를 피해
자연스럽게 넓은 동굴 안이나 큰 지붕 밑으로 모여들었다.
비가 그칠 때까지 기다리면서 (다닐 때보다) 상대적으로 '편안한
머물기(安居)'가 시작되었던 것이다. 본래 떠돌이였지만 할 수
없이 한시적인 붙박이가 되었다는 의미이기도 했다.
중국, 한국, 일본 등 동양 삼국은 함께 모여 수행하는 곳을
총림叢林이라고 불렀다. 대중(함께 수행하는 스님들)이 풀과 나무처럼
빽빽하게 서 있는 까닭에 내키는 대로 어지럽게 자라지
못하도록 서로 붙들어 주는 공간인 까닭이다. 머리털이 마구
흐트러져 있는 모양을 뜻하는 쑥대머리라는 말에서 보듯 쑥은
제멋대로 자라는 식물의 대명사다. 설사 그런 쑥이라 할지라도
곧게 자라는 마麻 속에 있으면 애써 잡아 주지 않아도 스스로
곧게 자라는 것과 같은 이치였다. 모이면 살고 흩어지면
죽는다는 것은 전쟁터뿐 아니라 수도원의 법칙이기도 했다.
그래서 대중이 공부시켜 준다는 말이 나왔다. 그냥 함께
살면서 따라 하기만 해도 크게 잘못될 일이 없기 때문이다.
'크게 잘못될 일이 없다'는 말을 들을 때마다 기억나는 사건이
있다. 그날 행사에 초청된 강사는 차분하게 주제를 잘 이끌어
가는가 싶더니 한순간 그만 키워드를 놓쳐 버렸는지 말이
끊겼다. 어색한 고요가 잠시 이어졌다. 그 난감한 표정을 향해
뒷자리에서 누군가 '뭐라 뭐라' 하면서 말머리를 쳐주었다.

그랬더니 "아! 맞아요"하면서 이내 다시 말문이 열렸다. 한참 후 강사는 마음에 여유가 생겼는지 청중을 돌아보며 농담을 던졌다.

"아까 저를 도와 준 사람이 누군지 모르죠? (뜸을 들인 후) 우리 집사람이에요."

그러자 모두 작은 소리로 웃었다.

"집사람이 시키는 대로 하면 크게 잘못될 일이 없습니다."

다시 큰 웃음소리가 터져 나왔다.

백번 맞는 말이다. 이것이 같이 사는 사람의 힘이다.

가정 역시 작은 총림인 까닭이다.

머묾이라는 결제와 떠남이라는 해제解制는 수행승의 몸과 마음을 조화롭게 만들었다. 머물 때는 모두가 푸른 산처럼 꼿꼿한 자태로 살았지만 떠날 때는 한결같이 자유로운 흰 구름이 될 수 있었다. 때로는 하늘 높이 우뚝 서기도 했고, 때로는 바다 밑에 깊이깊이 잠기기도 했다. 그 잠김을 통해 속살이 여물어야 다시 솟아오를 수 있는 힘이 생기기 때문이다. 긴장과 느슨함으로 맺힌 것이 있으면 풀었고, 마냥 풀어진 것이 있으면 다시 야무지게 묶었다. 물이 흐르기만 한다면 피곤함이 묻어날 것이고 그렇다고 해서 고여 있기만 한다면 답답함으로 다가오기 마련이다. 그래서 흐를 곳에서는 흘러야 하고 머물 곳에는 머물러야 하는 것이 물의 순리인 것처럼 인간사 역시 그랬다.

따지고 보면 인생이란 것도 이동과 머묾의 반복이다.

살다 보면 머무르고 싶다고 늘 머무를 수도 없고, 이동하고
싶다고 마음대로 이동할 수도 없긴 하다. 하지만 지나친
머묾은 정체를 의미하고 그렇다고 해서 지나친 이동은
불안정을 내포한다. 어쨌거나 농경시절에는 이동하는 성격을
'역마살'이라 하여 부정적으로 불렀지만, 현대 IT시대엔
그것이 또 다른 경쟁력이 되었다. 노마드(nomad, 떠돌이)가
칭송되고 붙박이는 알게 모르게 '도태'라는 뉘앙스가
가미되었기 때문이다. 머물고 있으면서도 늘 떠날 사람처럼
하루하루를 매듭지으며 살았고, 반대로 늘 떠돌아다니면서도
영원히 머물 사람처럼 주인의식을 가지고 순간순간 살 수
있을 때 비로소 제대로 붙박이와 떠돌이의 자격을 갖춘
것이라 할 수 있겠다. 어쨌거나 이동과 머묾이 적절한 조화가
이루어졌을 때 이동은 이동대로, 머묾은 머묾대로 같이
빛나게 된다.

하지만 혜원 스님은 30년 동인 그림자조차 여산廬山 밖을
나가지 않았고, 마조 선사는 개원사開元寺에서 30년을
머물렀다. 그렇지만 그 머묾을 어느 누구도 정체나 도태로
보지 않았다. 같은 장소지만 그 안에서 해제와 결제를
거듭했을 것이고, 매 순간순간 머묾 속에서도 떠남을
반복하도록 스스로를 경계하고 훈련시킨 까닭이다.

알고 보면 이 세상 전체가 80년 평생을 머물러야 하는 거대한
총림이요 또 수도원이다. 서로 의지하며 또 참지 않고서는
함께 살 수 없는 땅이기 때문이다. 더불어 살기 위해선

붙박이건 떠돌이건 서로 배려하고 양보하는 삶의 자세가
필요했다. 그것은 나와 남에 대한 부끄러움을 아는 일로부터
시작된다. 그런 까닭에 법연 선사는 이런 소박한 구절을
남겼다.

"20년 동안 죽을힘을 다해 공부해 보니 이제 겨우 내 부끄러운
줄 알겠다."

눈을 뜨고도
보지 못하는 이여,
마음세계에도
등을 비춰라

사내寺內 통신망에는 평택 천안함 빈소의 조계종단 문상
소식과 송광사 법정 스님의 사십구재 과정을 머리기사로
나란히 띄워 놓았다. 더불어 며칠 동인 초거울에 어울릴 것
같은 사나운 봄비가 연신 내렸다. 모두의 마음을 대변하듯
날씨까지 우울하다. 차 한 잔을 들고서 연구실 창을 통해
밖을 내려다보니 조계사 일주문 앞에는 예년처럼 '부처님
오신 날'을 봉축하는 등을 조심조심 내걸고 있었다. 오가는
길손들의 발걸음은 여전히 분주하지만 가라앉아 있는 주변
분위기 때문에 제 때깔이 나지 않는다. 극락전 앞에 가신
이들을 위해 낮게 달아 놓은 하얀 영가등과 대웅전 앞마당
회화나무에 높이 걸린 형형색색의 다섯 가지 오방색 등이

묘한 대비를 이루면서 복잡한 현재의 우리 심정을 그대로
대변해 주었다. 등이야 해마다 같은 등이지만 바라보는 이의
느낌은 시절의 형편 따라 달라 보이기 마련이다. 그동안
많은 등을 보고 듣고 또 만났다. 그래서 등은 이 세상 사람들
숫자만큼이나 다양한 모습으로 나타나는 것임을 알았다.
남포등 이야기는 불일암 후박나무 밑에 잠든 법정 스님의
글에 나온다. 남포는 램프를 동아시아 식으로 표기한 말이다.
그런데 스님은 그 등을 굳이 '호야등'이라고 표현했다. 이
한마디 단어 속에서도 나름의 개성이 알게 모르게 드러난다.
스님은 해인사 시절, 밤새 등을 켜놓고 책을 읽었다. 그리고
틈나는 대로 경전을 번역하였고 또 윤문하는 일까지 돕던
시절이었다. 하지만 큰절에서는 밤 아홉 시만 되면 무조건
불을 꺼야 하는 것이 불문율이다. 그럼에도 그때 이미 '큰
그릇임'을 알아본 산중어른인 자운 대율사의 배려로 밤새도록
불을 밝힐 수 있었다. 하지만 가난한 산중이라 법정 스님 역시
초와 기름이 넉넉할 리 없다. 그래서 그 어른은 시자를 시켜
양초와 등유가 떨어지지 않도록 늘 챙겨 보내곤 했다. 전기
없던 시절의 훈훈함이다.
"아궁이에 군불이 타는 동안 등잔에 기름을 채우고 램프의
등피를 닦아 둔다." 등피인 유리를 닦으며 마음을 함께 닦았을
것이고, 기름을 채우면서 젊은 날 괴팍했던 당신을 이해해
주고 알아주었던 그 어른을 생각했는지도 모를 일이다.
남포등은 법정 스님에게는 추억의 등이었다.

194

얼마 전, 나라(奈良)에서 만난 가스가타이샤(春日大社)신사의
삼천등은 소원의 등이었다. 목재로 만들어진 가장 큰 건물로
이름 높은 도다이지(東大寺)와 사이좋게 권역을 함께하고
있었다. 입구부터 본당까지 참배로에는 석등 2천여 기가
일렬로 섰고 또 회랑에는 크기가 만만찮은 구리로 만든 등
천여 개가 줄을 지어 처마에 매달려 있다. 이끼 긴 석등과
푸른 녹이 낀 구리 등은 오랜 연륜을 과시하고 있었다. 더불어
사이사이에 방금 만든 듯한 새 등도 함께 끼어 있어 예나
지금이나 사람들이 바라는 것은 별 차이가 없음을 말없이
증명했다. 1년에 두 번, 밤에 일제히 불을 켜는데 그때를
제대로 맞추어 오면 수많은 등불이 온 세상을 밝히는 장관을
볼 수 있는 곳이다. 등불축제 기간에는 등을 시주한 후손들이

불을 밝힌다. 그리고 자신과 가족의 안녕과 복을 비는 내용을
적은 종이를 붙이고서 정성스럽게 기도하는 전통이
오랜 세월 면면히 이어진 원당(願堂)이었다.

소설처럼 아름다운 등불이야기도 들었다. 작은 방석 한 개를
갖고도 절반씩 나누어 같이 앉을 만큼 '절친' 관계를 수십
년 동안 유지해 온 여든 살 중반의 두 노장님이 주인공이다.
오래전 한 스님이 산중에서 길을 잃었다. 젊다는 호기만을
믿고 무리하게 길을 나선 것이 화근이었다. 심심산골의 암자는
생각보다 훨씬 멀었다. 이미 산언저리에서 날이 어두워지는
바람에 길을 잃고 만 것이다. 한참을 헤맨 후 칠흑 속에서 저
멀리 가물가물 비치는 창호문의 불빛을 발견하게 되었다.

하지만 이미 기진맥진한 터라 더 이상 걸을 수조차 없는 지경이었다. 할 수 없이 불빛을 향해 있는 힘을 다해 고함을 질렀다. 얼마 후 멀리서 불빛이 움직이는가 싶더니 인기척을 내면서 아래쪽으로 내려오기 시작했다. 그렇게 처음 얼굴을 마주한 두 스님은 오늘까지 수행 길을 함께해 온 둘도 없는 벗으로 관계를 유지하고 있다. 그 등은 '만남의 등'이라고 할 것이다.

등은 예나 지금이나 한밤중에 들어야 제격이다. 깜깜한 산길이라면 더욱 빛날 것이다. 하지만 알렉산더 대왕과 또 다른 의미에서 단짝이었던 그리스의 철학자 디오게네스는 한낮에 등불 들기를 즐겼다. 온 시내를 쏘다니면서 입으로 연신 '어둡구나! 어둡구나!'를 외치며 천천히 걷곤 했다. 그건 어떤 눈먼 사람이 밤에 등불을 들고 서 있는 것보다도 더 의아함을 자아내는 행동이었다. 자기는 불빛을 볼 수도 없으면서 등불을 든 그에게 지나가던 호기심 많은 사람이 이유를 물었다.

"혹여 남들이 나를 보고서 부딪히지 않도록 하기 위한 것입니다."

돌아온 답변이 참으로 허를 찌른다. 오히려 눈뜬 이를 위한 '배려의 등'이었던 것이다.

반대로 디오게네스는 눈을 뜨고도 보지 못하는 사람 때문에 한낮에 등을 들었다. 그건 눈에 보이는 외형적인 세계의 반쪽에만 집착하는 어리석음을 훈계하려는 선지식의 대중을

향한 사랑이었다. 사실 보이지 않는다는 이유로, 그래서 정말
어두운 줄조차 모르는 내면의 마음 세계도 함께 비쳐 보라는
자비심의 또 다른 표현이었던 것이다.

올해 '부처님 오신 날'에는 추억, 소원, 인연, 배려의 등은
말할 것도 없고 서해에서 산화한 46인을 위한 '호국의 등'
구역도 있어야겠다. '연등불'이란 우아한 이름을 가진 여인이
진흙길을 자신의 머리카락으로 모두 덮어 버리듯이, 연등
빛으로 마음의 어둠까지 환희 밝혀야겠다. 그리하여 그간의
우울함을 훌훌 털고 눈부시게 빛나는 오월맞이를 해야겠다.
그리고 디오게네스처럼 이렇게 혼잣말을 해도 좋을 것이다.

자등명自燈明 하라.
자기를 등불로 삼을지어다.

굽은 대로,
곧은 대로,
먼저 앞으로
나아가라

추위가 가시지 않은 이른 3월 무렵에 봄을 앞당겨 맞이할 수
있는 여행 일정이 생겼다. 두 시간 비행기를 탔더니 늦은 봄
나라로 데려다 주었다. 공항 길의 가로수는 큼지막한 붉은
꽃을 가득 달고 서 있다. 역시 빈 가지의 겨울보다 꽃가지의
봄이 마음을 더 행복하게 만들어 준다. 여느 스님들과
마찬가지로 역마살 탓에 공간 이동만으로 더없이 행복했다.
봄바람에 가벼운 두루마기 자락이 기분 좋게 온몸에 감겨 왔다.
대만의 중대 선사(中台禪寺, 台를 '대'라고 읽어야 할지 '태'라고 해야 할지 아직도
헷갈린다. 물론 중국발음은 tai다. 그동안 관례대로 중대 선사로 불렸다)에 들렀다.
산山이라는 글자 모양의 디자인으로 이루어진 거대한 본관의
널따란 로비에는 최신형 대형건물에 어울리는 현대식 조각

작품인 무쇠로 만든 사천왕이 듬직하게 네 모서리를 지키며
기둥처럼 당당하게 서 있었다.

개인적으로 시원찮은 건강 탓인지는 몰라도 사천왕과
호법선신에 대하여 무한한 애정을 품고 있는지라 그윽한
눈길로 부분 부분 샅샅이 살폈다. 우람한 근육질과 부리부리한
눈매는 남성미를 물씬 풍기고 있었다. 하지만 목소리는 호소력
있는 짙은 중저음이었다. "행복해지려거든 많이 보라."고 눈이
유난히 큰 광목廣目 천왕이 일러 주었다. 또 곁에 있던 귀가
큰 다문多聞 천왕은 "행복해지려거든 많이 들으라."고 체구에
어울리지 않는 낮은 귓속말로 소곤거렸다. 하긴 큰소리는
오래 듣고 있을 수 없다. 조곤조곤한 목소리라야 길게 들어도
부담이 없다. 본래 덩치 있는 이가 더 세심한 법이다.

어쨌거나 많이 보고 많이 들으면 사람이 바뀐다. 세계관이
바뀌고 인생관이 달라지면 행복관 역시 좀 더 성숙되기
마련이다. 이를 중국속담은 '만 권의 책을 읽고 만 리 길을
여행하라'고 한마디로 일렀다. 그 말에서 한 단계 더 진화한
것이 조선선비 어유봉의 말이다. '산을 거니는 것은 독서와
같다(遊山如讀書)'고 하여 여행이 곧 독서라는 입장을 피력했다.
둘 다 신세계를 만나는 방편이기 때문에 '그게 그거'라는
논리였다. 중국 민가에 대한 기행문을 쓴 윤태옥 씨는 '독서는
앉아서 하는 여행이고 여행은 길에서 하는 독서이다. 독서는
지식이고 여행은 사색이다. 독서로 혜안慧眼을 얻고 여행에서
개안開眼한다'라고 했다. 수도인 대북에서 한 시간 거리인

법고산 불학원에는 만 권 독서를 위하여 해인사에서 수학한 두 명의 젊은 학인이 유학을 와 있었다. 불원천리不遠千里하고 자기를 바꾸기 위한 대장정에 나선 것이다.

고웅 시내에 자리 잡은 원조사 경정 비구니스님은 지장보살을 만난 이후 참으로 행복한 삶을 살고 있다고 했다. 지장성지인 중국 본토 안휘성 구화산을 자주 찾던 어느 날, 경정 스님은 지장보살이 신라의 고승 출신임을 알게 되었다. 스님은 김지장(법명: 교각)스님을 흠모하여 고향인 경주를 찾는 만리 길을 마다하지 않고 수시로 순례한다고 했다. 1500년 전, 만리행을 통해 성인이 된 신라 왕자를 따라 왔던 삽살개도 주인이 보살의 지위에 오르면서 '사자개金獅狗'가 되었다. 축생도 만리행을 통해 '신분 상승'이 된 것이다. 오늘도 구화산 화성사에는 수호신 모습으로 그 자리를 당당하게 지키고 있다.

사실 만리행은 그 과정 자체로 행복한 길이다. 하지만 그런 행복도 늘 남과 비교 우위에서 찾는데 익숙해진 습관이 자기도 모르게 스멀스멀 일어난다. 작은 섬나라임에도 불구하고 끝에서 끝으로 가는 시간은 서울과 부산만큼 길었다. 비교하는 마음이 일어나자마자 불현듯 차타는 시간이 지루해졌다. 눈치 빠른 가이드 선생은 차 안의 고요한 침묵을 깨고서 '똥가방' 얘기를 꺼냈다. 갑자기 생뚱맞게 '웬 똥가방?'하며, 자고 있던 일행까지 눈을 뜨고 하나같이 어리둥절한 표정을 지었다.

그는 프랑스의 명품이라는 루이비통 가방을 그렇게 불렀다.

비교 속에서 행복을 느끼던 시절에는 멀리서 봐도 누구나 한 눈에 딱 알아보는 그런 류의 명품이 불타나게 팔렸다. 하지만 비교를 통한 행복이 주는 허상의 실체를 아는 데는 그리 오랜 시간이 걸리지 않았다. 언젠가부터 그 가방의 판매량은 주춤해지기 시작했다. 비록 남들이 몰라 줘도 내가 좋으면 그게 바로 명품이라는 개성화 시대가 이미 도래한 까닭이다. 직지사 삼성암 진입로를 따라 줄지어 걸려 있던 오색 깃발 속의 '비교하지 말라'는 글귀가 떠올랐다.

불광산사에는 '곡직향전曲直向前'을 세련된 디자인의 글씨체로 내걸었다. 굽으면 굽은 대로 곧으면 곧은 대로 먼저 앞으로 나아가고 볼 일이다. 굽은 것과 곧은 것을 비교만 하다 보면 가야 하는 길조차 잊어버리기 마련이다. 다른 사람의 길은 곧은길인데 내 길은 왜 이렇게 굽었는가를 반문하다 보면 애당초 첫걸음조차 더뎌지면서 갈 길은 더욱 멀어지기만 할 것이다. 설사 굽은 길이라고 하더라도 늘 굽을 수만은 없다. 마찬가지로 곧은 길 역시 늘 곧을 수만 없다. 모든 길이란 늘 곧고 굽은 것을 함께 갖기 마련이다. 그것은 본래 길이라고 하는 것이 가진 양면성이다. 옛길은 말할 것도 없고 새로 닦은 길이라도 마찬가지다. 다만 정도의 차이가 있을 뿐이다. 어느 누구의 만리행이건 곧은길과 굽은 길을 번갈아 만나기 마련이다. 굽은 길을 두려워한다면 절대로 곧은길을 만날 수 없다. 혹여 곧은길이라고 마냥 안심한다면 굽은 길을 만나 낭패를 보기 마련이다.

지루하면 책을 읽고 심심하면 길을 떠나는 것이
내 나름의 행복 비결이다. 거창하게 선인들의 표현을
빌자면 만리행과 만권 독서라고나 할까. 이번 나들이는
사실 '템플 스치기'였지만 그것이 바로 또 다른
'템플스테이'였다.

아무리 좋은 일도
일 없는 것만
못하다

서울 종로 한복판인 조계사에서 승려 노릇을 하고 있는 것이
벌써 수년이 흘렀다. 절은 절인데 전통사찰답지 않게 항상
도시 사람들만큼이나 분주하다. 그런 까닭에 덩달아 함께
바쁜 나에게 사실 템플스테이가 필요하다. 그건 길에서 길을
찾는다는 고인의 말처럼 절에서 또 절을 찾는 어리석은
일이다. 그래도 시간만 나면 득달같이 산속 암자로 달아난다.
이번에는 귓불이 싸한 날 찾았다. 이른 아침엔 웅덩이 물도
살짝 얼었다. 살얼음이 끼는가 했더니 한낮에는 슬며시
녹으면서 아무 일도 없다는 듯이 졸졸거리며 흘러내린다.
맞은편 그늘진 산언덕은 내리는 눈이 쌓이면서 그대로 얼어
버리는 곳이다. 만약 봄이 오지 않는다면 그야말로 영원한

만년설로 남게 될 것이다.

따끈한 방 안에서 아무것도 하지 않고 며칠을 뒹굴거렸다. 이 맛에 토굴살이를 하는 모양이다. 누구도 간섭하는 이 없고 또 굳이 찾아서 해야 할 일도 없다. 그저 머물기만 하면 되는 일이다. 하지만 그것도 하루 이틀이다. 결국 사흘을 넘기지 못한다. 아무것도 하지 않는 그 자체도 일이라고 느끼는 시점이 그 무렵인 까닭이다. 그것이 권태로워 또 몸을 움직일 만한 일거리를 찾는다. 몸 세포가 휴식을 통해 제자리로 돌아가고 공해로 찌든 폐부가 제대로 세척이 끝난 모양이다. 늘 바쁨에 익숙한 생활인지라 한가함이 오히려 불편한 까닭이다. 도심에서 산사를 찾은 이들이 한가함에 마냥 좋아하다가 이내 그것이 단절에서 오는 불편함으로 변해 버리는 것과 다름없는 요요현상이 나에게도 나타난 것이다. 사는 환경이 사람을 이렇게 바꾸어 버릴 수 있다는 사실에 새삼 놀랐다.

두리번거리면서 뭔가 소일거리를 찾는데 급기야 눈길은 마당의 정원수에 꽂혔다. 가지치기가 제대로 되지 않아 삐죽삐죽 삐어져 나온 것이 거슬렸다. 천천히 몸을 일으켜 창고로 갔다. 필요한 연장을 챙겼다. 장갑도 꼈다. 묵은 가지는 그대로 두고 새로 올라온 가지를 중심으로 대충 높이를 맞추어 잘라 주면 된다고 들었다. 잔가지와 곁 가지는 물론 때로는 본줄기까지 신경 써야 한다. 물론 어깨너머로 들었고 또 건성으로 대충 배운 것이다. 작업을 시작한 지 얼마 되지 않아 이마와 등줄기에 땀이 흥건하다. 잠시 마루에 앉아 쉬었다. 내가 자른 나무를 거리를 두고서 바라보니 이건 가지치기를 한 것이 아니라 거의 맨손으로 뜯어 놓은 것 같다. 들쭉날쭉 제멋대로다. 사다리 위에서 불안한 자세로 애써 자른 것은 보기에 더 민망했다. 차라리 그대로 둔 것만 못하다는 탄식이 저절로 나왔다. 역시 아무리 좋은 일도 일 없는 것만 못하다는 운문 선사의 말이 생각났다.

종로 우정국로에 서 있는 은행나무들도 그랬다. 간판이 제대로 안 보인다는 이유로, 혹은 가로등에 걸려서, 그것도 아니라면 전깃줄 전화선 때문에 등등 갖가지 이유로 몰골 사납게 가지가 부분 부분 제멋대로 잘려 나갔다. 그러나 조계사 마당 한가운데 있는 회화나무는 마음껏 가지를 펴고서 자태를 뽐내고 있는지라 별다른 가지치기가 필요 없는 잘생긴 큰 나무가 되었다.

물론 무조건 그대로 두는 것만이 나무를 사랑하는 일은 아니다. 어떤 나무는 열매가 너무 많이 달려 가지가 휘어 결국 찢어지는 일도 더러 보았다. 어찌 용케 피해 가더라도 한겨울 소복하게 쌓인 눈에 의해 찢어지는 고통스런 가지치기를 당하기도 한다. 그걸 사람들은 고상하게 설해목이라고 불러 주긴 해도 나무로서는 별로 행복한 일은 아닐 것이다. 그래서 불필요한 가지를 구별한 후 제대로 잘라 내야 한다. 문제는 어떤 가지가 불필요한 것인가 하는 판단이 쉽지 않다는 사실이다. 그건 보는 사람마다 의견이 다를 수밖에 없는

영역이기도 하다. 그리고 나무가 원하는 가지치기와 내가
원하는 가지치기가 같을 수 없다는 것도 염두에 둘 일이다.
때론 그건 아마추어와 프로페셔널의 차이만큼이나 현격하게
다를 수도 있는 일이다.

어쨌거나 삶에도 가지치기가 필요하다. 나무 가지를 잘라내듯
우리의 삶에도 가지치기는 있어야 한다. 어떤 작가는 감나무는
스스로 가지치기를 한다고 노래했다. 나무도 자기욕심을
다룰 줄 아는 까닭이다. 스스로 가지치기를 하지 않는다면
결국 남에 의해 가지치기를 당하기 마련인 것이 세상일이다.
우리의 인생도 그러하다. 나와 내 주변을 스스로 가지치기하지
못한다면 결국 모두의 불편함으로 이어지고 이는 강제된
가지치기를 불러올 수밖에 없다.

암자 한쪽 구석에 쌓여 있는 장작은 절에 머물고 있는 거사(남성
불교신도, 혹은 절에서 생활하는 남성)가 주변 산언저리에서 간벌한
것이다. 통나무를 톱으로 적당한 크기로 잘라 두었다가 시간
날 때마다 도끼로 팬 뒤 잘 말린 후 쌓아 놓고 그 위에 지붕을
해달았다. 비나 눈에 젖는 것을 막기 위해서다. 그 지붕
처마에도 고드름이 열렸다. 마당 한구석엔 채 다듬지 못한
거친 통나무가 아무렇게나 뒹굴고 있었다. 언제 와도 수행과
일을 함께하는 거사 덕에 절집은 늘 깔끔하고 밭고랑은 잘
손질되어 있었다. 그 두둑 끝 언저리의 대나무는 혼자서 푸른
잎을 달고서 삭풍을 온몸으로 견뎌 내고 있다. 바로 옆 수십
개의 까치밥을 달고 있는 감나무 아래에는 잔가지가 수북하게

쌓여 있다. 감나무 스스로 가지치기를 한 까닭이다.

산중 생활은 역시 겨울이 제맛이다. 오가는 사람조차 없는
겨울 산에서 누구에게도 방해받지 않고 오로지 나의
내면세계를 향한 치열함을 유지할 수 있어서다. 겨울 산사는
일 없는 것을 으뜸으로 삼아야 제격이다. 단순해진 겨울산은
군더더기가 없다. 모든 나무들의 가지치기가 끝난 탓이다.
수행이란 스스로를 가지치기하는 일이다. 끝을 모르는
번뇌의 생각줄기를 잘라 주는 일이기 때문이다. 마지막 남은
잎사귀까지 털어 버려야 한다. 모든 것을 떨군 나무와 윤곽이
드러난 산줄기의 모습을 가만히 음미하면서, 있는 것을 있는
그대로 바라볼 줄 아는 안목을 즐기는 일은 한겨울에만
누릴 수 있는 또 다른 멋과 여유이기도 하다.

눈서리 내린 강산에 나뭇잎을 비워 버렸는데
천 길 바위 곁 긴 대나무엔 밤바람이 일어나네.

霜落江山樹葉空　　千巖修竹夜生風

감출수록
드러나는
운둔의 반전

해인사 홍류동천 십리길을 천천히 걸었다. 감추기도 하고
드러내기도 하면서 길은 이어졌다. 그 옛날 소달구지가
다니던 시절에는 감추어진 길이었다. 하지만 신작로가
되면서 '드러난' 길로 바뀌었다. 차를 타고 지나갈 때마다
스쳐가기에는 너무 아까운 길이란 느낌을 떨칠 수가 없었다.
걷기 열풍이 일면서 찻길 건너편으로 걷는 길이 새로
생겼다. 올레길이니 둘레길이니 하면서 지역마다 여러 가지
이름으로 걷는 길이 유행처럼 만들어질 무렵 '홍류동길'도
'소리길'이 된 것이다. 눈이 맑았던 시절에는 봄 진달래, 가을
단풍을 감상하며 '홍류紅流'라는 이름을 붙였다. 소리길은
눈은 물론 귀까지 호사롭기를 원했다. 그래서 물소리 바람

소리가 함께하는 길이라는 의미까지 살렸다. 과거와 현재가 어우러지면서 눈과 귀를 동시에 만족하게 하는 아름다운 이름의 명품길이 다시 탄생한 것이다.

아웃도어 시장의 세계적 강국(?)답게 형형색색의 등산복은 홍류동길과 조화를 이루었고, 아줌마들의 수다와 선남선녀의 속삭임 그리고 어린이들의 재잘거림은 소리길과 잘 어울렸다. 당장 출발해도 히말라야를 오를 수 있을 것 같은 복장으로 중무장한 채 입술을 일자로 꾹 다물고, 소리마저 거부하는 중년 남성의 침묵을 뒤따라 걷다 보니 어느새 중간 지점인 농산정에 이르렀다. 신라 말기에 은둔이라는 이름으로 영원히 감춰지길 희망했던 고운 최치원 선생이 칩거한 곳이다.

『주역』에는 '천지의 기운이 막히면 현인들은 숨는다(天地閉 賢人隱)'고 했다. 속마음은 세상이 꼴 보기 싫어 숨지만 밖으로는 천지의 기운이 막힌 까닭에 은거할 수밖에 없다는 명분을 제공해 주었다. 그런 의미로도 고전은 참으로 좋은 책이다. 뒷날 은둔을 소극적인 '이은(吏隱)'과 적극적인 '야은(野隱)'으로 나누는 이론까지 등장했다. 그는 육두품 출신이란 신분적 한계를 절감한 나머지 처음에는 이은을 선택했다. 중앙의 화려한 벼슬자리를 마다하고 변방의 미관말직을 전전했다. 갈수록 기울어지는 국운은 급기야 하늘과 땅의 기운마저 멈추게 했다. 결국 초야에 묻혀 사는 야은을 선택함으로써 스스로 자기 구원의 길을 찾아간 것이다. 하지만 어디든지 숨구멍은 있기 마련이다. 해인사에 머물고 있는 형인 현준賢俊 대사가 든든한 의지처였다.
여러 은둔처를 찾다가 마침내 이 자리로 낙점한 것은 형의
영향으로 짐작된다. 그리고 형의 도반이었던 정현 스님과도
도담道談을 나눌 만한 허물없는 사이가 되었다. 이후에도
이곳을 찾는 은둔객은 셀 수 없이 많았다. 바위에는 애써
흔적을 드러내고자 하는 덜 떨어진 이들의 이름 석 자가
곳곳에 새겨졌다. 농산정 인근 맞은편 언덕에는 지금도 '짧은
은둔'을 꿈꾸는 사람들을 위해 몇 채의 기와집이 '민박' 간판을
달고 있다. 『정감록』은 이 지역을 피신하기 좋은 십승지에
포함했다. 세계문화유산이 된 팔만대장경이 6백여 년 전
해인사로 옮겨진 것도 결국 자연재해가 미치지 않는 명당인
까닭이다.

농산정 자리는 고운 선생이 참으로 감추고 싶은 터였을
것이다. 하지만 지금은 십리길 중에서도 가장 많이 드러난
공간이 되었다. 풍광이 홍류동천의 백미인 까닭에 신작로와
소리길이 구름다리로 이어지면서 교차로가 되었다. 게다가
'불운한 스타'의 은둔 스토리가 있고, 사모하는 후학들의
마음을 담은 정자가 세워졌으며, 이끼로 덮이고 빛마저 바랜
천연 문학비가 함께 곁을 지키고 있다. 세월이 흐르다 보니
본의 아니게 현대 가수 싸이의 B급 표현을 빌리자면 '가렸지만
웬만한 노출보다 더' 심한 경우가 되어 버린 것이다. 감출수록
드러나는 은둔 아이러니의 대표적 현장으로 보존된 셈이다.
농산정 앞에서 '세상 다투는 소리 귀에 닿을까 두려워 흐르는

물로 만 겹의 산을 쌓았네'라고 읊었던 은둔 시인을 향해
일제강점기의 예운 이동식 거사는 "이미 흐르는 물로써
세상의 때를 씻었으니 만 겹 산으로 다시 귀 막을 필요는
없다."고 훈수하면서 재야고수로서 면모를 과시했다. 이동식
거사는 농산정뿐만 아니라 홍류동천을 중심으로 가야산
19명소에 대한 연작시를 남겼다. 오래전 나는 습작 삼아
열아홉 편의 한시를 한글로 번역했다. 그런데 소리길이
생기면서 모퉁이마다 그 시가 한글 안내판 구실을 하고 있는
게 아닌가! 그 앞에서 한 자 한 자 소리 내어 읽으면서 "좋다!"
하고 맞장구를 쳐주는 누군가를 만날 때면 역자로서 흐뭇한
표정을 숨길 수가 없었다.

감춘 것은 당사자의 의지이지만 알려지는 건 제삼자의 뜻이다.

숨은 것을 들추고자 하는 것이 굳이 누구의 허물이라고 말할
수 있겠는가? 이황 선생은 안동 골짜기 계곡으로 숨으면서
'퇴계退溪'라고 이름했고, 성철 스님은 가야산 백련암으로 몸을
옮기면서 '퇴옹退翁'으로 자청했다. 신비주의를 의도한 은둔은
아니었지만 결과적으로 신비주의적 은둔이 되었다. 은둔이
역설적으로 세세생생 당신들을 드러나게 한 것이다.
이 역시 은둔이 가진 또 다른 반전 아니겠는가?

문자만
뒤따라가면
결국
넘어진다

이제야 비로소 제대로 된 서재가 생겼다는 기쁨도 잠시, 책을
옮기는 일은 그야말로 고행이었다. 작은 암자지만 끝에서
다시 끝으로 옮기는 작업인 까닭이다. 경내에서 동선 길이가
가장 길었다. 이삿짐센터에서 제일 싫어하는 화물이 책이라고
하더니 그것 또한 분명한 사실임을 확인했다. 어느 새댁의
'내 아이니까 키운다'던 말도 겹쳐졌다. 애 키우는 것이나 책
옮기는 것이나 힘들긴 마찬가지라는 의미였다. 아닌 게 아니라
자식 같은(?) 책이니까 칙칙하고 후덥지근한 날씨에도 땀
흘리는 수고를 마다 않고 기쁜 마음으로 옮겼으리라. 아마
남의 책이라면 당장 고물상에 전화해 빨리 싣고 가라고 할
판이다.

외바퀴 손수레에 담을 수 있을 만큼 가득 담아서 쉬지 않고
아침부터 저녁까지 오고 감에도 사나흘은 족히 걸렸다.
이미 지쳐 버린 수레가 무게를 이기지 못하고 비틀거리는가
했더니 이내 책이 땅바닥으로 쏟아지기를 몇 번 반복했다.
거풍擧風하기 위해 이미 며칠 동안 건조시킨 터이지만
오락가락하는 비에 노출되니 습기가 다시 책갈피 속으로
스며들었다. 송나라 범중엄 선비는 '책을 햇볕에 말릴 때는
반드시 곁에 서서 마음을 쏟았고, 이동할 때는 반드시
나무상자에 담아 옮겼다'고 했다. 그런 귀하신 책을 짐짝
취급하듯 택배 아저씨처럼 옮겼다. 일을 마친 후
뒤늦게 책에 대한 미안한 마음이 일어났다.

그 책들은 바람도 제대로 통하지 않는 컴컴한 구석방에 쌓여
있다시피 했다. 여름 장마철만 되면 스스로 곰팡내를 풍기며
쾌적한 곳으로 옮겨 달라고 나름 시위를 해댔다. 그럼에도
공간에 여유가 없어 십어 년을 모른 체하며 그냥 지나쳤다.
이 절로 저 절로 주인이 옮겨 다닐 때마다 같이 이사 다니지
않는 것만 해도 감지덕지하라고 면박을 준 셈이다. 하지만
거의 서고(書庫, 책 창고)에 가까운지라 필요한 책을 한 권
찾으려면 처음부터 끝까지 손전등을 비춰가며 책꽂이 칸칸을
확인해야 했다. 두세 번 찾다가 결국 포기하는 일도 허다했다.
돌이켜 생각하니 처음 이 암자에 오게 된 가장 큰 이유는
적지 않은 양의 책 때문이었다. 결국 따지고 보면 이 터의
주인공은 책이다.

책이란 수집이 아니라 읽을 때
생명이 살아난다.
가장 좋은 책은 자기 손때가
반질반질 묻은 책이다. 경전류는
삶의 길을 알려 주는 길라잡이다.
하지만 인생길 안내책자 속에
모든 내용을 담아낸다는 것은
불가능하다. 기록 너머에
있는 것은 현장에서 온몸으로
부딪쳐야만 비로소 체득할 수
있다. 문자만 뒤따라가다
보면 결국 글자에 걸려
넘어지기 마련이다.

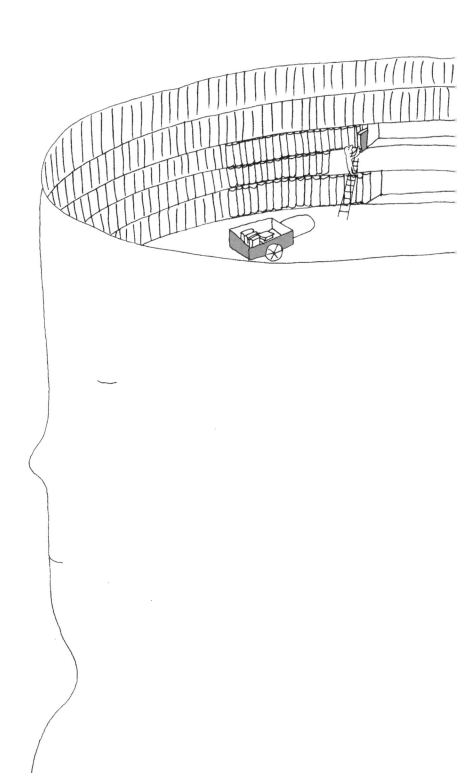

바람이 잘 통하고 양명한 공간에서 분류 작업을 했다. 그렇게
애타게 찾다가 포기한 책을 발견하고는 '여기 있었구나!'
하며 반가움에 두세 번 어루만졌다. 진짜 무소유 학인 시절에
전집류를 구입한다는 것은 언감생심이었다. 그 바람에 복사를
한, '짝퉁' 전집이 두 질이나 된다. 이제는 강원講院 졸업반
시절을 증명하는 유물이 되었다. 영국 유학을 고학하다시피
어렵게 마친 선배 스님이 먼 훗날 개인 도서관 설립을 염두에
두고서 비싸긴 하지만 오리지널 본만 모았다고 한 말이
떠올라 '힘들더라도 원본을 구할걸' 하는 후회감도 함께
일었다. 어쨌거나 그 이후에도 무리를 한 덕분에 국내에서
유통되는 어지간한 대장경류는 모두 소장할 수 있게 되었다.
가장자리에 보란 듯이 빙 둘러 진열했다.

약간의 경제적 여유만 생겨도 책을 샀던 시절이었노라고
자랑삼아 펼쳐 놓았다.
그땐 필요도 없는 책을 남 따라 구입한 것도 있었고,
유통업자의 "출판산업 기여"라는 읍소에 못 이겨 마지못해
들여 놓은 것도 더러 보인다. 하지만 지금은 모두 귀한
책들이다. 나름대로 하나같이 살아온 궤적을 대변해 준다.
여행 다닐 때마다 여기저기서 구입한 화보집은 그 자체로
볼 만한 구경거리다. 서가를 정리하고 있다는 사실조차
망각하고 그 풍광을 추억하면서 선 채로 마지막 페이지까지
넘겼다. 구입한 장소와 날짜가 적혀 있는 자필 사인은
역사성(?)까지 더해 주었다.

어쨌거나 책이란 수집이 아니라 읽을 때 생명이 살아난다. 그래서 가장 좋은 책은 자기 손때가 반질반질 묻은 책이라고 하지 않았던가? 특히 경전류는 삶의 길을 알려 주는 길라잡이다. 하지만 인생길 안내책자 속에 모든 내용을 담아 낸다는 것은 불가능하다. 기록 너머에 있는 것은 현장에서 온몸으로 부딪쳐야만 비로소 체득할 수 있는 까닭이다. 그래서 기록할 수 없는 내용이 더 많다는 사실을 일찍이 선지식들은 '교외별전教外別傳'이라고 이름 붙였다.

문자만 뒤따라가다 보면 결국 글자에 걸려 넘어지기 마련이다. 당나라 때 만 권 책을 읽었다는 이발 거사는 '작은 겨자씨 속에 큰 산이 들어간다'는 『화엄경』 구절에 막혔다. 그래서 찾아간 귀종 선사에게 "수박만 한 그 머릿속에 만 권 책이 어디에 들어 있느냐."는 꾸중을 듣고서야 자신의 속살림을 다시금 살피게 된다. 또 읽던 대로 읽으면 백날 읽어 봐야 아무 이익이 없다. 그래서 『법화경』을 삼천 번 읽었노라고 주변에 자랑하던 법달 화상은 혜능 선사에게 "경을 읽은 것이 아니라 도리어 경에게 읽힘을 당한 것."이라는 핀잔을 들어야만 했다. 마무리로 선인들처럼 '오천 권 책을 읽지 않았다면 이 방에 들어오지도 말라(不讀五千卷書 毋得入此室)'거나 혹은 '이 문 안에 들어오면 알음알이를 내지 말라(入此門內 莫存知解)'는 주련(柱聯, 기둥이나 벽에 세로로 써 붙이는 글씨)을 거는 것은 생략했다. 책이 아니더라도 사방에서 정보가 홍수처럼 쏟아지는, 이미 안팎이 없는 세상이 아닌가.

사람이 길을 넓히지
길이 사람을
넓힐 수는 없다

구월 국화는 구월에 핀다고 했다. 꽃은 제철이 올 때까지
조바심을 내지 않는다. 하지만 성급한 마음으로 구월을
맞았다. 더위를 별로 타지 않는 체질임에도 팔월이 너무
더웠던 까닭이다. 그래서 꽃이 아니고 사람인가 보다. 반소매
차림으로 해인사를 찾던 이들도 이제 대부분 긴소매로
바뀌었다. 법명으로만 불렀던 지인은 묻지도 않았는데 자신을
경주 최씨라고 소개했다. 이어 시조始祖인 최치원 할아버지의
사당 안내를 부탁했다. 함께 가야산 어귀에 자리 잡은
유적지를 찾았다. 적당한 크기의 막돌로 자연스럽게 잇댄,
폭이 좁다는 느낌이 드는 긴 계단은 가팔랐다. 끝나는 자리의
삼문三門은 여느 때처럼 굳게 자물쇠로 채워져 있었다. 현판인

홍도문弘道門만 없는 인기척을 대신할 뿐이다. 벽처럼 막아선 그 문 앞에서 고개를 돌려 건너편을 바라보니 어느새 하늘은 가을 색이다. 물 빛, 산 빛도 마찬가지다.

'홍도(弘道, 도를 넓히다)'라는 두 글자는 오랜 세월 동안 머리 한쪽을 차지하고 있던 화두였다. 20여 년 전, 팔공산 은해사에 머물 때 첫 책을 세상에 내놓았다. 송나라 시대를 풍미했던 기라성 같은 선사禪師 백여 명의 전기를 정리한 『선림승보전』이다. 상, 하 두 권의 만만찮은 부피를 자랑하는 한글 번역본으로, 밥값을 제대로 했노라고 흐뭇해하던 기억은 아직도 새롭다. 무엇이든 '첫' 자가 붙으면 나름대로 특별한 의미를 부여하기 마련이다. 그것은 누구에게나 한 컷의 개인 역사인 까닭이다. 무명의 저자가 상업성이라고는 눈곱만큼도 없는 전문서적을 낸 것이다. 그럼에도 어떤 언론사는 신간 안내 코너에 작게나마 언급해 주었고, 출판사는 역자에 대한 예의(?)로 광고까지 실어 주었다.

그 광고의 머리글이 '사람이 도道를 넓혀 갑니다'였다. 번역자가 봐도 그 책의 성격을 단 한마디로 압축한 절창인지라 울림이 적지 않았다. 출판의 기쁨이 어느 정도 가라앉을 무렵, 광고 문안이 다시 눈에 들어오는 게 아닌가. 그 순간 원문을 확인해야겠다고 마음먹었다. 어떤 선사께서 이런 명언을 남겼는지 궁금증이 더한 까닭이다. 천 페이지나 되는 첫 책을 다시 한 번 꼼꼼하게 색인 작업하듯 뒤졌지만 결국 출처는 찾아낼 수 없었다. 컴퓨터 검색 기능 역시 별다른 해답을 주지 못했다. 그렇다면 도대체 카피라이터는 이 명언을 어디에서 가져온 것일까? 창작이란 말인가? 할 수 없이 뒷날을 기약하며 원문 찾기를 접어야 했다. 이후 시간이 흐르면서 그 궁금증도 점차 기억에서 희미해져 갔다.

깊은 산중임에도 한낮의 늦더위는 여전하다. 집배원 아저씨가 점심 무렵에 갖다 주는 신문도 며칠째 구문으로 밀려 있고 매주 오는 주간지도 이미 두서너 권 쌓였다. 날씨를 탓하며 밀쳐 놓은 까닭이다. 나른한 오후, 양쪽 방문을 모두 열어젖히고 시원한 흙벽에 등을 비스듬히 기대고서 눈을 반쯤 뜬 채 잡지부터 펼쳤다. 건성으로 읽다가 갑자기 두 눈에 광채가 났다. '조선유학에 오늘을 묻다'라는 연재 글 가운데 이율곡 선생을 논하는 자리에서 '사람이 도를 넓힌다'는 그 문제의 한마디를 다시 발견한 것이다.

세속적 표현을 빌리자면 그간의 구독료를 한꺼번에 환급받는 그런 기분이었다. 그야말로 제대로 책값을 한 것이다.

고리타분(?)한 유학을 오늘의 언어로 되살려 내는 소장학자 백민정 선생의 만만찮은 내공으로 인하여 그 코너를 열독해 오던 터였다. 난해한 문집과 경전 안에 숨어 있던 묵직한 문자를 조리질해 일반 대중을 위한 잡지 속으로 끌어내린 수고로움이 더욱 빛나 보인다.

전공이라는 이유로 당송唐宋 시대 선사들에 대한 일방적인 짝사랑은 급기야 모든 그럴듯한 언어는 선어록에 실려 있을 것이라고 지레짐작하는 버릇까지 생겼다. 그게 큰 병통이다.

220

찾다가 포기한 '사람이 도를 넓혀 갑니다'의 출전은 선어록이
아니라 『논어』였다. 다시 말하면 공자님 말씀이다.

하긴 소화된 언어란 영역의 구애를 받지 않는다. 설사 남의
말이라고 할지라도 제대로 소화시켜 자기 언어로 만든다면
그건 자기 말이 된다. 그리고 무엇이건 비교를 통해 내 것을
제대로 알게 되는 법이다. 빌 게이츠도 "하늘 아래 정말
새것은 없다. 단지 새로운 조합만이 있을 뿐이다."라는
말로써 힘을 더해 준다. 이제 자리를 박차고 달려가 잠겨 있던
홍도문을 힘껏 밀친다면 곧바로 열릴 것 같다.

긴 의심이 풀린 기쁨에 다락방으로 올라갔다. 늘 펼쳐져
있는 습자지 위에 오랜만에 붓을 적셔 괴발개발 연습 삼아
'홍도弘道'라는 글자의 앞뒤에 붙어 있는 여덟 글자를 주문처럼
한 자 한 자 정성스럽게 써 내렸다. 서툰 목수는 언제나 일한
티를 내기 마련이다. 그 와중에 튄 먹물 두 방울이 바짓자락에
훈장처럼 사이좋게 매달려 있는 게 아닌가!

"인능홍도人能弘道요, 비도홍인非道弘人이라.
사람이 길을 넓히는 것이지
길이 사람을 넓힐 수는 없다."

대낮까지 그칠 줄 모르고 내리는
비를 한참 동안 물끄러미 바라보다,
이내 스스로 너무 처져 버린
느낌이 싫어 찻상을 당기고는 물을
끓였다. 끓는 물은 올라가면서
소리를 내고 비는 내려오면서
소리를 낸다.
두 소리가 방문을 경계로
묘하게 어우러진다.

김장을 담갔다.
자연산 배추라 모양은 별로
볼품없지만 어디에 내놓더라도
맛과 향은 절대로 빠지지 않는다.
배추걷이가 끝난 횅한 빈 산밭을
바라보며 한 해를 마무리한다.
배추로서는 아름다운
마무리이겠지만 김치로서는
새로운 시작이다.

4

쉬고 또 쉬면 쇠나무에도 꽃이 핀다

쉬고 또 쉬니
쇠로 된 나무에도
꽃이 피다

모두가 고전의 힘으로 더위를 이기고자 하는지 뜨거운
여름에도 인문학 독서열풍은 여전하다. 시대를 초월하여 삶의
나침반이 되어 주는 책의 생명력은 손에서 손으로 이어지는
유통에서 나온다. 유통의 힘은 공감이다. 때로는 심금을
울리기도 하고 때로는 정수리에 지혜의 칼을
사정없이 들이댄다. 가끔은 앉은 자리에서 뒷목덜미마저
서늘케 하는 피서처를 만든다. 정조대왕은 독서로 더위를
잊었고, 이덕무 선비는 추위마저 독서로 이겨 냈다고 했다.
어쨌거나 9월에도 늦더위가 이어지고 여전히 '휴休'를 화두
삼아 살아야 할 것 같다.
2012년 8월부터 유선방송에 '착한' 채널이 한 개 생겼다.

바로 '휴休'다. 청정 채널이자 힐링 채널이며 편안한 휴식
채널을 표방하고 있다. 요란스럽지도 않고 자극적이지도 않는
내용이지만 보는 이로 하여금 심신을 편안케 해준다. 그런데
그 싱거운 채널의 시청률이 가파르게 상승하고 있다고 한다.
얼마나 세상 사람들이 쉬고 싶어 하는지 단적으로 보여 주는
사건이다. 머잖아 '휴'채널이 영상고전의 반열에 오를지도
모른다.

'워크홀릭' 즉 '일 중독'이 자랑스러운 훈장이었던 시절에는
설사 시간이 주어져도 놀 줄 몰랐다. 심지어 휴일에도 출근을
해야 마음이 편한 시절이기도 했다. 휴일도 출근으로 쉬는
셈이다. 하지만 더 큰 문제는 제대로 쉴 줄 모른다는 사실이다.
일은 구체적인 모양이 있지만 쉬는 것은 제대로 모양이 없기
때문이다. 어떻게 해야 제대로 쉬는 것인지를 알지 못했던
무명無明의 시절이기도 했다.

그리고 열심히 살긴 했는데 주체적인 삶이 아니라 떠밀려
살아왔다는 느낌이 늘 삶의 언저리에서 함께 했다. 이제 '잘
쉬어야 일도 잘한다'는 가치관이 보편화된 시절이다. 그래서
'휴'에 관한 노하우가 축적된 절집으로도 사람들이 알음알음
찾아온다. '휴의 본산'답게 '쉬는 법'으로 화답했다.

나는 늘 선어록에 심취해 살고 있다. 선어록의 군더더기
없는 '돌직구'가 속을 후련하게 해준다. 심지어 롤모델인
부처님과 조사祖師 스님마저도 들었다 놓았다 한다. 때로는
현란한 수식의 문학적 언어가 난무하지만, 파격적인

방외지사(方外之士, 고정관념이나 조직 사회에서 벗어난 자유인)의
격외도리(格外道理, 격식과 단계를 벗어난 이치)는 모든 위선적 권위를
맨바닥까지 헤집어 놓는다. 읽는 이는 적지 않은 카타르시스를
느낀다. 어느 날 『벽암록』을 차분히 완독해야겠다고
마음을 먹었다. 선어록의 최고 백미라고 하나같이 이 책을
주저 없이 추천했기 때문이다. 명불허전이란 말처럼 과연
종문제일서宗門第一書였다. 먼저 번역문을 읽은 후 원문을
확인하는 방법을 선택했다. 뜻이 애매한 부분은 성철 스님,
성본 스님, 석지현 스님의 안목을 빌려 가면서 제대로 살폈다.
절집 최고 문승文僧들의 애독서요, 필독서라는 풍문은 일찍이
들은 바 있다. 『벽암록』을 만독한다면 그의 혀끝과 붓 끝에
놀아나지 않을 선지식이 없을 것이라고도 했다. 그래서
대혜종고 선사는 이 책을 가차 없이 불살랐던 것이다.

'휴'의 시대에 가장 어울리는 선시 한 구절이 혀끝에 감겼다.
판본에 따라 몇 글자가 바뀐 것도 있지만 그 의미 자체는
별다른 차이가 없다.
"휴거헐거休去歇去하니 철목개화鐵木開花니라. 쉬고 또 쉰다면
쇠로 된 나무에도 꽃이 피는구나."
휴식 없이 무리하게 일만 하면 몸이 피곤해지기 마련이다.
몸이 피로하면 당연히 감각기관이 무뎌진다. 감각기관이
무뎌지면 그야말로 목석이 된다. 목석은 살아있어도 살아있는
것이 아니다. 현장에서 위기대처 능력이 떨어지고 이것이
사고나 산업재해로 연결되는 경우도 많다. 그래서 잘 쉬어

줘야 한다는 것을 힘주어 강조한 것이 천 년 전에 이미 이렇게 멋진 시로 표현된 것이다.

성철 스님은 이것을 이어받아 "휴거헐거라, 문수요 보현이라."고 했다. 쉬고 또 쉬어야 문수보살도 되고 보현보살도 될 수 있다는 뜻이다. 내가 제대로 쉴 수 있을 때 비로소 주변이 보인다. 쉬고 또 쉬라는 말에는 여러 가지 의미가 내포되어 있다.

첫째, 몸도 쉬고 마음도 쉬라는 뜻이다. 몸만 쉬어서는 제대로 쉬는 것이 아니다. 마음마저 내려놓았을 때 제대로 쉴 수 있다. 그래서 두 번 반복했다.

둘째, 마음을 쉬어라. 그리고 마음을 쉬었다는 그 생각마저 쉬어라. 그렇게 될 때 그것이 진정한 휴식이 되는 법이다. 진짜 제대로 쉬는 것은 쉰다는 말이 필요 없다. 쉬어야 한다거나 쉰다는 말에 걸려 있으면 그것은 반쪽짜리 쉼이 될 뿐이다. 가만히 생각해 보면 쉬어야겠다고 하면서 쉬기 시작하지만 피로가 완전히 풀리고 나면 쉬었다는 생각마저도 간 곳이 없게 된다. 전자가 보편적 해설이라면, 후자의 해설은 더욱 선적禪的인 해설이다.

'쉬고 또 쉬어라'는 말은 정말 바쁜 사람들에게 절실하게 와닿는다. '휴'와는 달리 '헐(歇, 쉬다)'이란 말은 글자가 어렵기도 하고 우리말 발음도 별로 매끄럽지 못하다. 그래서 반복을 꺼리는 문사들도 '휴헐' 대신에 '휴휴'를 즐겨 사용했다.

최근 일본문화유적답사기 두 권을 동시에 낸 유홍준

전 문화재청장은 두 번째 고향인 부여에 '휴휴당'이란 작은
휴식 공간을 만들었다. 바쁘기로는 한국에서 둘째가라면
서러운 이가 자기 토굴 이름을 휴휴당으로 작명한 것은 어찌
보면 당연하다. 부여 무량사 가는 길에 잠깐 들렀는데 작고
소박한 집이었다. 누군가 "쉼도 그곳에서는 쉬어간다."는
찬사를 남기기도 했다.

재야 객필(客筆, 주필의 반대말)의 고수이며 칼럼니스트인 조용헌
선생도 장성 축령산에 '휴휴산방'이라는 작은 글방을
마련했다. 천연재료인 황토, 돌, 나무만 사용했고 벽 두께가
70센티미터라고 했다. 특징은 지붕이 양철로 되어 있다는
점이다. 빗소리를 제대로 듣기 위한 배려라고 했다. 그야말로
자연을 제대로 즐길 줄 아는 자만이 누릴 수 있는 공간이다.

그런데 정작 이 집을 지은 이는 당사자가 아니라 일지—止
스님이라고 했다. 휴의 본산 출신답게 휴휴하는 공간을 제대로
만들어 놓은 것이다. 예로부터 집 짓는 사람과 사는 사람이
다르다고 했던가?

어쨌거나 '휴휴'의 원조는 절집이다. 범어사 휴휴정사는
아마 '휴휴'라는 말을 가장 오래 전부터 걸어 둔 곳이 아닌가
싶다. 원래는 선원이었지만 지금은 템플스테이 공간으로
일반인들에게 개방하고 있다. 몸과 마음을 쉬고 싶은 사람들을
위한 그 역할은 예나 지금이나 변함이 없다. 이름이 용도를
결정한 것이다.

사람마다 '휴'하는 방법이 다르다. 평소에 머리만 굴리고 몸

놀리기를 싫어하는 사람일수록 오히려 몸을 움직이는 것이 '휴'임을 알게 해준다. 쉬는 것이 오히려 몸을 작동시키는 것이기에 이런 부류는 삼천 배 절을 통해 '휴'하는 사람이다. 내가 경전을 읽는 것은 일이 되지만 잡지를 읽으면 휴식이 된다. 같은 읽는 것이지만 때로는 일이 되기도 하고 때로는 휴식이 된다. 성지순례의 인솔자가 되면 그건 일이 되지만 혼자서 혹은 도반 몇 명과 호젓하게 다녀온다면 그것은 휴식이 된다. 같은 성지순례지만 때로는 일이기도 하고 때로는 휴식이 되는 중첩의 도리가 그 속에 있는 것이다.

어쨌거나 나름대로 잘 쉬는 법을 스스로 만들어 나가야 할 것이다. 이즈음 베스트셀러인 『꾸베 씨의 행복여행』도 제대로 쉬는 법에 대한 이야기다. 제대로 쉬는 것이 행복의 지름길이기 때문이다. 저자는 마음이 차분해지는 나만의 방법을 터득하라고 말한다. 그 자신은 조용한 커피숍을 찾거나, 공원이나 집 근처의 평소 좋아하는 곳을 천천히 걷거나, 음악을 듣는다고 했다. 나름대로의 명상 공간을 찾아가는 방법이다. 모두 '휴거헐거' 하는 공간이다.

원나라 몽산덕이 선사는 '휴휴암 암주'를 자칭하며 〈휴휴암 좌선문〉을 남겼다. '재욕무욕在欲無欲이며 거진출진居塵出塵이라', 즉 탐내어 그칠 줄 모르는 노여움과 어리석음 가득한 욕심 경계에서 살고 있지만 그 욕심에서 벗어나고, 몸은 번뇌로 가득한 세상에 살지만 마음은 연꽃처럼 번뇌에서 벗어나라는 것이다.

그래서 결국 제대로 쉬려고 한다면 좌선이 제일임을 밝혔다. 참선과 명상의 생활화를 통하여 일하면서 수시로 쉬어 줄 수 있다면 날마다 휴가처럼 살 수 있을 것이다.

모란인들
어떠하며
작약인들
어떠하리

가야산 중턱에 자리 잡은 해인사는 지대가 높은 탓에 무슨
꽃이든지 한 박자 늦게 핀다. 더위가 시작될 무렵에야
작약꽃을 볼 수 있다. 산문을 걸어 잠근 채 그림자마저 일주문
밖을 향하지 않겠다는 각오로 정진하는 여름 안거가 반쯤
지난 어느 날 오후, 밀짚모자를 눌러쓴 채 온몸에 나른함을
안고서 산책길을 나섰다. 볕에 달구어진 암자의 뜨거운 마당
한편에 만개한 작약꽃 앞에 한순간 그대로 꽂힌 듯 멈춰 섰다.
홍제암 사명 대사 영당 앞의 작약은 그날따라 유독 붉었다.
축대 밑에서 날씨에도 아랑곳없이 기죽지 않는 꽃잎을
마주하니 더위에 지친 두 어깨에 슬며시 힘이 솟았다. 넓고
푸른 잎의 바탕색깔 때문에 꽃은 더욱 원색적으로 보였다.

어찌 보면 단아하고 소박한 절 마당에 어울릴 것 같지 않은
화려한 작약을 일부러 심어 놓은 옛사람들의 깊은 뜻을 이
여름에야 읽어 내고 있는 것인지 모른다.

송나라 때 구양수는 '낙양모란이 천하제일(洛牧丹甲天下)'이라고
했다. 낙양에 있는 사찰도 예외는 아니었다. 중국 최초의
가람인 백마사와 손오공의 주인인 현장 법사가 오랫동안
머물렀던 자은사는 중국의 모란 명소이기도 하다. 그럼에도
불구하고 이 땅의 절집 뜰에는 부귀영화라는 이미지의 모란을
차마 심을 수 없었던지 작약으로 대신해 놓은 것 같다. 하지만
당시에는 그게 작약이 아니라 모란인 줄 알았다. 그래서
모두가 '모란'이라고 불렀다.

백련암 앞뜰 작약꽃 앞에서 빳빳하게 풀 먹인 광목옷
차림새로 엷은 미소를 짓고 있는 성철 스님의 모습을
사진작가 주명덕 선생이 사진으로 남겨 놓았다. 세존께서
대중늘에게 말없이 꽃을 들어 보이자 가섭 존자가
이심전심으로 그 의미를 알아차리고 혼자 빙그레 웃었다는
'염화미소'의 장면을 떠올리게 했다. 그리고 붉은 꽃과 회색
옷의 대비는 또 다른 조화로움을 보여 준다. 성철 스님이 오래
머물렀던 퇴설당에 여름이 오면 담장 아래 소담스런 작약은
스님이 없어도 여전히 그 꽃잎을 드리우고 있다.

당나라 때 남전 선사는 '사람들은 이 한 그루 모란꽃을
마치 꿈결처럼 바라본다'고 했다. 나 역시 보이지도 않는
해인사 작약꽃을 종로 도심에서 꿈결처럼 그려 내고 있다.

그런데 생각할수록 그때 그 꽃이 모란인지 작약인지 가물가물하기만 하다. 하긴 모란인지 작약인지 그게 뭐 그리 대수인가?

'무소유'라는
시대의 화두를 남긴
법정 스님

해인사 다녀오는 길에 교통체증으로 덜 막히는 방향을 찾다
보니 성북동 길을 통해 조계사로 오게 됐다. 운전 중임에도
불구하고 길상사 앞을 지날 때는 저절로 고개가 그쪽으로
돌아갔다. 평일인데도 주차장은 비좁았다. 법정 스님이 던진
'무소유'라는 시대적 화두에 모두가 공감했기에 그 여운이
사십구재 기간과 겹쳐 여전히 많은 추모객의 발걸음으로
이어지고 있는 것이다. 법정 스님이 열반하셨다는 소식을 듣고
곧장 어른스님들 틈에 끼여 문상을 갔다. 가사를 이불처럼
덮고 고요한 표정의 얼굴만 내놓은 채 행지당行持堂에 누워
계시던 마지막 모습이 실루엣처럼 떠올랐다. 그 탓인지 올봄엔
유난히도 봄눈이 잦다. 봄꽃은 화려하게 피어나는데 춘설이 그

위에 흐드러지게 쏟아지니 자연도 생멸生滅의 가르침을 있는 그대로 우리에게 보여 준다.

이십대 학인學人 시절에 해인사 강원의 교지校誌 편집 일을 맡았을 때 다짜고짜 스님의 명성만을 좇아 불일암을 찾아갔던 기억이 새롭다. 그것이 법정 스님과의 첫 만남이었다. 아무 약속도 없이 쳐들어오다시피 한 새내기에게 찾아온 이유조차 묻지도 않고 툇마루에 앉게 한 후 차를 주시며 '승려 노릇 잘하라'며 이런저런 말씀을 해주셨다. 결국 본래 목적인 원고는 받아 오지 못했지만 '문학소년(?)'에겐 만남 그 자체로 충분히 행복했다. 유명세 때문에 바쁜 스님에게 '우리끼리만 읽는' 이름도 없는 정기간행물의 수필 꼭지에 여러 필자들과 구색을 맞추기 위해 청탁을 하러 갔으니 지금 생각해 보면 등줄기에 땀이 흐를 결례를 범한 것이다. 뭘 몰라도 한참 몰랐으니 가능했던 치기였다. 하지만 그 인연으로 스님의 열렬한 글 팬이 되었고, 돌아가시기 얼마 전에는 『아름다운 마무리』 책까지 구입해 읽었다.

법정 스님은 1950년대 말부터 60년대 후반까지 젊은 시절 10여 년을 해인사에서 보냈다. 어느 날 장경각을 참배하고 가파른 계단을 조심스럽게 내려오는데 시골 아주머니가 "팔만대장경이 어디 있느냐?"고 물었다. "방금 보고 오지 않았느냐."고 반문했더니 시답지 않다는 표정을 지으며 "아! 그 빨래판같이 생긴 것 말이에요?"라고 대꾸했다. 아닌 게 아니라 나무로 만들어진 경판은 한문글자를 가지런히

양각으로 새겨 놓아 생긴 표면의 요철로, 아낙네들이
빨래판으로 사용하기에 적격이었다. 게다가 크기까지
적당했다. 문무대왕 비석의 일부도 글자가 새겨진 까닭으로
인해 여염집 우물가에서 한동안 빨래판으로 사용되었다.
10여 년 전에 우연히 이를 발견하고서 제자리에 갖다 놓은
일도 있었으니 '국보 빨래판' 사건은 이래저래 새삼스러운
일은 아니다.

 어쨌거나 그 일을 겪고 난 뒤 법정 스님은 '소통 언어'의
필요성을 절감하고 교과서적인 '도인의 길'을 포기하고
한문 경전의 한글 번역과 함께 대중언어를 사용한 글쓰기를
시작했다. 한 수행자의 평생 노선이 이렇게 사소하다면
사소한 동기로 정해질 수 있는 일이었다. 그때 만난 성철

스님은 해인사를 떠난 이후에도 인연은 계속 이어졌고, 몇
년에 한 번씩 찾아뵙곤 했다. 외람된 표현이지만 두 스님 모두
성격이 유별나고 또 다소 괴팍스러운 구석이 있는지라 서로
잘 맞았을 것 같다. 어느 해 여름, 법정 스님은 정성스럽게
절을 하는 것이 아니라 삼천 배라는 숫자 채우기에 급급한
대학생 불교연합회 수련팀을 보고서 내심 못마땅했는지
'굴신屈身 운동'이라고 투덜거렸다. 그러자 이를 전해 들은 어느
다혈질 스님이 "그러면 염불은 입 개폐開閉 운동입니까?"라는
명언으로 항의 아닌 항의를 했다는 일화가 전설처럼 전해
오기도 한다.
성철 스님이 늘 '밥값 했다'고 자부한 『본지풍광』과

『선문정로』도 법정 스님의 손길로 마무리된 책이다. 1980년대 당시 시자(侍者)였던 원택 스님이 초고를 들고서 불일암을 찾았다. 한글 윤문을 부탁하기 위해서였다. 법정 스님의 윤문 원칙인 '토씨 한 개라도 저자의 사상이 반영된 것'이라는 전제 아래, 두 스님은 머리를 맞대고서 조심스럽게 최소한 손질만 해나갔다. 작업이 며칠째 이어지는 동안 암자는 이미 '문학도의 성지'가 되어 날마다 적지 않은 사람들이 찾아왔다. 그 바람에 일의 흐름이 자꾸만 끊겼다. 물론 법정 스님도 당신 나름대로 접대 방법을 동원하면서 작업에 몰두하려고 애를 썼다. 그 방에는 봉창문이 있었는데 그 문만 살짝 열고 얼굴만 보여 주며 "현품 대조 됐소." 하고는 에둘러 돌려보내는 방법을 사용했다. 이해인 수녀님이 올린 추모편지에서 '만난 지 오래됐다'는 의미로 사용한 '현품 대조한 지 꽤나 오래되었다'는 문장은 그 표현의 기발함으로 세간의 화제가 되었다. 두 스님이 역주와 윤문의 직책을 맡은 덕분에 이 책이 세상의 빛을 볼 수 있었다.

이어 종로 보신각 인근의 평화당 인쇄소에서 초판본이 나왔다. 뜨끈뜨끈한 책을 의기양양하게 들고 가서 스승에게 자랑을 했다. 그런데 그렇게 열심히 교정하고 윤문을 했음에도 불구하고 오자가 여기저기서 튀어나왔다. "이게 책이가?"라고 하면서 눈물이 쏙 빠지도록 혼이 난 시자는 볼멘소리로 법정 스님에게 하소연했다. 그 말을 듣고서 "그러니까 활자(活字) 아닌가, 이 사람아"라고 태연스럽게 대답했다.

더불어 3쇄 정도는 찍어야 제대로 교정이 끝나더라는 개인적
경험담을 전해 주면서 의기소침한 시자를 달래 주었다.

그 책으로 성철 스님은 "따로 인사를 해야겠다."고 할 만큼
법정 스님의 공로를 높이 평했다고 한다. 두 분의 인연은
이래저래 오랜 세월 예사롭지 않았다. 성철 스님이 입적한 몇
년 후, 사진 모음집인『포영집』간행 때도 법정 스님은 서문을
통해 두 분 간에 아련한 추억의 여백까지 함께 기록으로 남겨
둔 인간적인 모습을 보여 주었다.

"당신(성철)이 입으려고 챙겨둔 무명옷 한 벌을 주면서 내(법정)
성미에 맞게 행건(行巾)까지 챙겨 주었다. 그 옷을 기워 가면서
오랫동안 잘 입었다."

**지쳐서
돌아오니 뜰 안에
매화가 피었네**

내 전생에는 밝은 달이었지.　前身應是明月
몇 생이나 닦아야 매화가 될까.　幾生修到梅花

조선 중기 성리학의 대가 퇴계 이황은 매화를 무척
좋아했다고 전한다. 매화를 주제로 한 시가 백여 편에 이르며,
단양군수로 부임했을 때 기생 두향이 연모의 증표로 준
청매화를 21년 동안 애지중지 키울 정도였다. 물론 둘 사이의
애틋한 로맨스가 바탕에 깔려 있다. 그리고 좌탈(坐脫, 앉은 채로
죽음)하면서 남긴 마지막 유언은 "매화에 물 주어라."라고
하였다니 수행자로서뿐만 아니라 가히 매화 마니아로서도
전혀 손색없는 어른이었다. 그래서 몇 생을 거듭하더라도
언젠가 매화로 환생하길 발원했던 것이다.

조선 중기의 문인 신흠은 그의 저서 『야언(野言)』에서 "매화는 평생 추워도 향기를 팔지 않는다.(梅一生寒不賣香)"는 명언을 남겼다. 많은 꼬장꼬장한 선비들이 이 말에 힘을 얻어 기개와 지조를 지키면서 살아갈 수 있는 좌우명 구실을 했을 것이다. 지금은 고인이 된 교보문고 창립자 신용호 회장과 수필가 피천득 선생도 항상 이 구절을 곁에 써놓고서 애송하면서 삶의 지침으로 삼았다고 한다. 황벽 선사는 여기에 더하여 "뼛속을 사무치는 추위 없이(不是一翻寒徹骨) 매화향기가 코끝 찌름을 얻을 수 없다.(爭得梅花撲鼻香)"고 했다.

남송의 유학자인 나대경이 지은 『학림옥로(鶴林玉露)』 권6에는 이름이 알려지지 않은 비구니의 오도송이 기록되어 있다. 여성 수행자 특유의 섬세함이 이 시 속에서도 충분히 느껴질 만큼 아름다운 시이기도 하다. 물론 매화는 깨달음의 매개체인 동시에 깨달음의 내용이기도 하다. 봄(깨달음)을 찾아 밖으로 헤매다가 결국 찾지 못하고 지쳐서 돌아오니 집 안의 뜰에 핀 매화를 보고서 비로소 봄이 왔음을 알았다는 내용이다. 깨달음은 밖에서 구하는 것이 아니라 이미 내 안에 갖추어져 있다는 평범한 진리를 매화를 통해 보여 주고 있는 것이다.

종일토록 봄을 찾아 헤맸건만 봄은 보지 못하고
짚신이 닳도록 산 위의 구름만 밟고 다녔네.
지쳐서 돌아오니 뜰 안에서 웃고 있는
매화향기 맡으니 봄은 여기 매화가지 위에
이미 무르익어 있는 것을.

盡日尋春不見春　芒鞋踏遍隴頭雲
歸來笑拈梅花嗅　春在枝頭已十分

혜능 행자가 홍인으로부터 가사를 전해 받고 도망칠 때
등장하는 대유령 역시 중원에서 매화꽃으로 유명한 지역이다.
이곳은 강서성과 광동성을 연결하는 교통 요충지이다. 당나라
현종은 장구령張九齡을 보내 대유령 길을 만들도록 했다.
하지만 대문호인 그는 길을 만드는 토목공사에 그치지 않고
인근에 많은 매화를 심어 서정적인 분위기까지 함께 만들었다.
오가는 길손들에게 여수旅愁를 달래게 하였고 아름다운
매화꽃은 모두의 사랑을 받았다. 그리고 거기에 걸맞게 고개
이름을 매령梅嶺이라고 했다. 뒤에 송나라 문종은 채정을 보내
그 길을 다시 손보도록 하였고 매관梅關이란 표석을 세웠다.

하지만 『육조단경』 속에는 대유령을 통과할 때 매화 이야기는
한 마디도 없다. 쫓기느라고 매화를 감상할 겨를이 없었을
것이다. 그것도 아니면 매화 피는 시절이 아니었던 모양이다.
그럼에도 불구하고 유명한 화두인 '선도 생각하지 말고 악도
생각하지 말라'는 '불사선不思善 불사악不思惡' 화두의 무대로,
선종사에 길이 빛나는 성지가 되었다.
매화는 눈과 함께 어우러질 때 최고로 친다. 그래서
설중매雪中梅라고 했다. 누구는 눈 속에서 매화가 피었다고
하고, 누구는 매화가 이미 피어 있는데 그 위로 눈이
내렸다고도 한다. 앞뒤 관계가 어찌 되었건 태고보우 선사의
선시 〈설매헌雪梅軒〉은 설중매의 눈과 꽃이 둘이 아닌 경지를

담담하게 보여 주고 있다.

선달 눈이 허공에 가득 내리는데　　臘雪滿空來
추위에도 매화꽃이 활짝 피었네.　　寒梅花正開
흰 눈송이 조각조각 흩어져 날리니　　片片片片片
눈인지 매화인지 분간하기 어렵네.　　入梅花眞不辨

내 이마를
스치는 건
모두 백두산
바람

언제부턴가 백두대간이란 말이 대중화되면서 학창시절
시리시간에 배웠던 '태백산맥'은 대하소설 제목으로 그
용도가 바뀌었다. 신라 말기의 선승인 도선 국사는 "우리
국토는 백두산에서 시작되어 지리산에서 끝난다."라고 했다.
하지만 적지 않은 세월 이어진 분단으로 인해 잊고 살았던
민족의 성지 백두산에 대한 부채의식이 이름만이라도
백두대간이라고 환원을 종용한 것은 아닌지 모르겠다.
키 큰 옥수수밭과 나지막한 콩밭이 조화로운 고원지대의
만주벌판을 한동안 달렸다. 이어서 추운 지방에서 자란다는
늘씬한 자작나무 숲길을 통과했다. "맑은 천지天池는 3대가
적선을 해야 만날 수 있지요."라며, 조선족 가이드 아가씨는

미리 너스레를 떨면서 우리 일행을 위로했다. 버스와 지프를
번갈아 타고 내리면서도 산과 계곡에 깔려 있는 안개가
걷히기를 기도했다. 하지만 마지막 주차장에 당도했을 때 주변
시야는 그야말로 오리무중이었다. 그럼에도 천지를 만나야
한다는 급한 마음에 화산 폭발 흔적을 그대로 간직하고
있는 오름길을 밟고서 빠른 걸음을 재촉했다. 아무것도 자랄
수 없는 푸석푸석한 화산재로 뒤덮인 산의 모습은 여전히
불기운이 남아 있는 휴화산임을 실감케 했다. 얼마 전 언론을
장식했던 '조만간 분출설'을 근거 없는 것이라고 마냥 낙관할
수만 없는 형편이었다.

수만 년을 견뎌 온 봉우리가 얼마 되지도 않는 내 몸무게에
무너지지는 않겠지만 그래도 푸석푸석한 길인지라 발걸음을

조심조심 뗄 수밖에 없었다. 야트막한 고개를 넘을 만큼의
시간을 걸으니 이내 산꼭대기였다. 커다란 기대감으로 인파를
비집고서 아래쪽을 내려다보았다. 이미 안개로 덮여 버린
한편에 푸른 물이 살짝 보이는가 싶더니 이내 그것마저 안개
속으로 숨어 버렸다. 차분히 앉아 기다리는 것밖에 방법이
없었다. 아니나 다를까 수십 분 뒤 천지가 서서히 열리기
시작하더니 얼마 후 완연한 자기 모습을 드러냈다. 주변에서
"아아!" 하며 한숨 같은 탄성이 쏟아졌다. 천지라는 물 기운과
화산이란 불기운이 대비감을 이루면서 산도 물도 제 빛깔이
더욱 도드라졌다.

지금이야 안내원들이 두 눈을 부라리며 경계선 안으로

들어오지도 못하게 하지만 1930년에 이 산을 오른 후
『백두산등척기』를 남긴 안재홍 선생은 정상에서 한 시간
정도 걸어서 호숫가까지 내려갔다고 했다. 그 순간을 '스스로
정토淨土를 밟은 성자 같은 생각이 든다'고 기록했다. 그리고
"경건하고 엄숙하게 마음을 가다듬고서 물가로 가서 입을
헹구고 얼굴을 씻은 후 두어 잔의 물을 마셨다. 그다지 차지는
않고 얼마만큼 유황의 냄새와 맛이 섞여 있다."는 소감을
남겼다. 멀리서 산 아래를 내려다보며 두 눈으로 선생이
마셨던 그 물맛까지 음미했다.

지금도 여전히 남의 나라 땅을 밟고 가야만 하고, 또
성지보다는 관광지의 의미가 더 강하게 와 닿는 것은 어쩔
수 없는 세태의 흐름이다. 그렇다고 하더라도 여름 막바지에
백두산을 만난 감회와 느낌은 옛사람들의 심경을 읽어

내기에 충분했다. 돌아오는 길에, '언제나 어디서나 이마를
스치는 것은 백두산의 바람이요, 목을 축이는 것은 백두산의
샘물이요, 갈고 심고 거두는 것은 백두산의 흙인지라
떠나려고 해도 떠날 수 없고 떼려고 해도 뗄 수 없는 것이
백두산'이라는 최남선 선생의 글을 다시금 떠올렸다. 하긴
알고 보면 한반도 어디에 있건 백두대간 언저리에 살고 있는
것 아니겠는가.

12월엔
돌도 쉬고
나무도 쉬고
산도 쉰다

괜히 마음이 바쁘다. 12월인 까닭이다. 딱히 밀린 일도, 해야
할 일도 없는 것 같은데 그냥 무언가에 쫓기는 듯한 느낌이다.
이래저래 한 해를 마무리해야 하는 때이니, 몸이 바쁘지
않으면 마음이라도 바빠야 할 것 같다. 알고 보면 이것도
습관이다. 바빠서 바쁜 게 아니라 뭔가 바빠야 할 것 같은
시절인 탓이다. 잊지 않고 기억해 주는 지인들의 송년 모임 몇
건은 폭설 때문에 길이 막혀서, 혹은 교통이 불편한 산골에
산다는 핑계를 대며 사양했다. 달력에 표기된 공식 일정이
아니라면 두문불출을 다짐하며 다시 한 번 마음을 다잡는다.
겨울 살림살이를 위해 김장을 했다. 인근 고랭지 밭에서
배추를 트럭으로 실어 왔다. 어차피 내다 팔 것이 아닌 까닭에

크게 인위적인 손길을 보태지 않고 가능한 한 노지 상태에서 가꾸는지라 배추 포기도 아담한 게 대부분이다. 심지어 땅바닥에 퍼져 아예 꽃배추가 된 녀석도 적지 않다. 제대로 모양을 만들기 위해 허리에 매어둔 짚풀이 속이 차기도 전에 흘러 내린 까닭이다. 자연산이라 모양은 별로 볼품이 없지만 어디에 내놓더라도 맛과 향은 절대로 빠지지 않는다. 배추걷이가 끝난 휑한 빈 산밭을 바라보며 자연스럽게 한 해를 마무리한다. 배추로서는 아름다운 마무리이겠지만 김치로서는 새로운 시작인 셈이다.

산중의 겨울 추위는 혹독하다. 한지로 만든 문풍지로 냉기를 막기엔 역부족이다. 할 수 없이 출입문과 창문에 비닐을 덧댄다. 기와집의 격을 떨어뜨리지 않도록 예술적(?)으로 잘 덮는 게 관건이다. 해마다 이맘때면 늘 해오던 일이라 숙련된 솜씨로 마무리했다. 작업을 마친 후 처음에는 통풍이 제대로 되지 않아 갑갑한 느낌이 들었지만 이내 그것에 길들여진다. 두툼한 수건을 두어 장 길게 깔고 물을 흠뻑 적셔 주는 작은 수고만 보탠다면 밤새 습도가 조절돼 콧속이 마르는 것도 막을 수 있다. 본래 한옥은 숨 쉬는 집이라 바닥은 따뜻하지만 천장은 추울 수밖에 없다.

또 아무리 단열처리를 해도 개방형 집 구조로 인한 한계가 있기 마련이다. 궁여지책으로 겨울 한 철은 비닐의 힘을 빌려야 한다. 따뜻한 날은 그 비닐이 눈에 거슬리지만 한파가 덮칠 때마다 더없이 고마운 마음이 든다. 유독 추위를 많이

타는 체질이긴 하지만 그래도 창문 한쪽에 살짝 뚫어 둔
작은 환기구를 열 때마다 바깥의 싸함이 답답한 방안으로
밀려들면서 정신을 번쩍 들게 해준다.
수백 년 세월 그 자리를 지켜 온 마당 한편의 화강암 수곽은
12월이 되면서 물을 담는 본래 역할을 끝내고 바닥을 드러낸
채 제 몸을 말리고 있다. 겨울 내내 비스듬히 해바라기를
하면서 지낼 것이다. 얼마 전까지 철철 물이 넘쳐 가끔 새들도
와서 목을 축이고 잠자리가 꼬리를 담갔다 사라지곤 했다.
지금 그 자리에는 고양이가 지나가면서 울음으로 적막을
깨뜨릴 뿐 한 해가 저물어가는 고요함으로 가득하다. 설사
생명 없는 돌이라 할지라도 휴식은 필요한 법이다. 그런 쉼이
해마다 있었기에 그 자리를 오늘까지 지킬 수 있었을 것이다.

12월엔 돌도 쉬고 나무도 쉬고 산도 쉰다. 사람도 매듭을
지어야 한다. 쉼을 통한 한 매듭은 한 켜의 나이테가 되고 한
해의 연륜이 되며 또 한 살의 나이가 된다. 겨울 시간이라고
흐르지 않을 리 없지만 섣달은 흐르는 걸 절대로 보여 주지
않는다. 그런 정지된 느낌이 세밑 무렵의 또 다른 산중의
맛이다. 그래서 옛 사람은 이런 시를 남겼나 보다.

산속이라 달력이 없어   山中無日曆
추위가 지나가도 연월일을 모르겠네.   寒盡不知年

수백 년 세월 그 자리를
지켜 온 마당 한편의 화강암
수곽은 12월이 되면서 물을 담는
본래 역할을 끝내고 바닥을
드러낸 채 제 몸을 말리고 있다.
얼마 전까지 철철 물이 넘쳐 가끔
새들도 와서 목을 축이고
잠자리가 꼬리를 담갔다 사라지곤
했다. 지금 그 자리에는 고양이가
지나가면서 울음으로 적막을
깨뜨릴 뿐 한 해가 저물어가는
고요함으로 가득하다.
설사 생명 없는 돌이라 할지라도
휴식은 필요한 법이다.
그런 쉼이 해마다 있었기에
그 자리를 오늘까지 지킬 수
있었을 것이다.
12월엔 돌도 쉬고 나무도
쉬고 산도 쉰다.
사람도 매듭을 지어야 한다.

250

해야 할 일이 있기에
하고 싶은 일도
생긴다

언제부턴가 장거리 운전이 힘에 부친다는 느낌을 받기
시작했다. 시간과 공간의 장애를 받지 않는 혼자만의
자유로움이 좋아 '질주 본능'을 구가하며 달리는 것이
행복했다. 요즘은 여러 가지 이유로 불편하게 여겨 기피했던
대중교통을 장거리 이동시에는 자연스럽게 이용하게 된다.
그것은 또 다른 행복감을 준다. 가만히 앉아 있기만 해도
목적지로 데려다 준다. 그 사이에 졸리면 눈을 감기도 하고,
무료하면 신문을 뒤적인다. 그것마저도 시들해지면 텅 빈
눈빛으로 창밖을 가만히 바라볼 수도 있다. 이제 세월 탓인지
여유로운 이동이 더 좋다. 혜민 스님의 책에 나오는 '멈추면
비로소 보이는 것들'의 경지는 아니지만, 달리면서도 보이는

것들이 차창 너머 가득했다. 멀리 모내기가 끝난 들판의 질서
정연한 싱그러운 어린 모들과 그 아래 바닥에는 맑은 논물이
가득 고여 호수처럼 반짝인다. 가까이에는 하얀 아카시아
꽃들이 무리지어 피어나고 있었다.

그때였다. '우우웅'하고 고요를 깨뜨리는 핸드폰의 진동음
신호가 들렸다. 화면에는 발신자의 이름은 나오지 않고
'행복하세요'라는 문자만 계속 뜬다. 등록되지 않은 낯선
번호였다. 받아도 별로 행복할 것 같지 않다는 느낌이 수
초간 지속된다. 그래도 혹시나 하고 받았다. 전화번호가
바뀐 오래된 지인, 하지만 다소 부담스런 이였다. 열차
안이라고 양해를 구한 후 용건을 확인하고 서둘러 전화를
끊었다. 그러고 보니 핸드폰에 가장 자주 뜨는 문자가
'행복하세요'였다. 처음에는 생뚱맞게 느껴졌다. 여러 번
경험한 후에는 '이 시대의 새로운 유행어인가 보다'하고
넘어간다. 발신자 의지가 들어간 것인지, 아니면 통신사의
일방적인 선택 문구인지는 모르겠지만 상대방을 위해
'행복하세요'라고 축원하는 것은 설사 입에 발린 상업적인
건조한 말이라고 할지라도 어쨌거나 아름다운 일이다.
한때는 '부자 되세요'가 그 자리를 차지하고 있었다. 결국
부(富)가 행복의 전제조건이라고 믿는 이들이 대부분인 까닭에
공감어가 된 것이다.『마음살림』(김석종 저)에 나오는 수산
스님의 행복론은 그것과 달랐다. '입으로는 말을 줄이고
위장에는 밥을 줄이고 마음에는 욕심을 줄이라'고 하셨다.

한마디로 결국 욕심을 줄이라는 말씀이었다. 욕심이란
성취하면 할수록 더 큰 욕심으로 확장되기 마련이다.
본래 욕심이란 놈은 만족이 없기 때문에 욕심이란 단어로
굳어진 것이다. 알고 보면 작은 것에도 만족할 줄 아는
'소욕지족少欲之足'의 지혜가 행복의 기술이다. 더 바랄 게
없다는 천상세계인 '도솔지족천兜率知足天'은 무엇이건 바라는
것은 다 갖추어진 곳이 아니라 반대로 모든 욕심을 비운
사람들이 모여 사는 곳일 게다.

부자란 모든 것이 갖추어진 사람을 가리키는 말이기도 하지만
반대로 필요한 것이 별로 없는 사람도 부자이긴 마찬가지다.
그 명칭은 해인사에서 암자 이름이 되었다. 지족암이다.
예전에는 먹을 게 제대로 없어 별명이 부족암不足庵이었다고,
오래전에 열반하신 극락전의 어떤 노장님이 일러 주셨다.
지족도솔암이란 편액이 한쪽에 걸려 있다. 부족하지만 그래도
소욕지족할 줄 알기에 여기가 바로 땅 위의 도솔천이란
의미였다.

다음 정거장을 알리는 방송 멘트가 나온다. 아직도 목적지는
온 만큼 더 가야 한다. 신문을 펼쳤다. '해야 할 일'과 '하고
싶은 일'에 대한 제목에 눈길이 멈추었다. 갑자기 내 삶이
반추된 까닭이다. 가만히 생각해 보니 승가는 단체 생활을
전제로 한 것이었다. 그러다 보니 이제까지 나에게 주어진
'해야 할 일'만 하고 살았다는, 그래서 좀 억울하다는 생각이
불현듯 스쳐갔다. 그래! 나도 이제부터는 내가 하고 싶은

일을 하는 거야. 그러곤 입술을 꾹 다물었다. 그 순간 참으로 행복했다. 비록 찰나였지만.

그런데 이내 그 꼬리를 물고 우문이 뒤따라 왔다. '해야 할 일'은 알겠는데 '내가 진정으로 하고 싶었던 일'은 도대체 뭐였지? 그리고 냉정하게 살펴보건대 해야 할 그 일이 하고 싶은 그 일을 방해한 적이 있었던가? 괜히 해야 할 일과 하고 싶은 일을 나누는 순간 그것이 불행의 시작은 아닐까? 자문자답이 이어졌다. 구체적인 일상은 해야 할 일이지만 그런 일상 속에서 하고 싶은 일도 생기기 마련인 것이다. 그래서 해야 할 일이 있기 때문에 하고 싶은 일도 생기는 법이라고 나름 결론을 내렸다. 이 공식을 기차여행 속에 조심스럽게 대입해 보았다. 있던 자리가 해야 할 일의 영역이라면 가고 있는 자리는 하고 싶은 일의 영역이다. 다람쥐 쳇바퀴처럼 돌아가는 공동체 생활의 일상이 늘 해야 할 일이라면 가끔 이렇게 기차를 타고 볼일 보러 떠나는 일탈이 하고 싶은 일인 셈이다.

쓸데없이 한 생각 일으키면 만 갈래의 다른 생각이 뒤따르기 마련이다. 그야말로 한 줄기 물길이 만 갈래 파도를 만든(一派纔動萬派隨) 격이다. 몸뚱이를 가지고 살고 있는 이상 해야 할 일을 안 할 것도 아니면서 괜히 하고 싶은 일만 찾다 보면 해야 할 일 조차도 게을리하게 되어 결국 불행을 자초하기 마련인 것이다. 지금 있는 그 자리가 딱 제 자리라고 여긴다면 그것도 행복의 한 방편은 되겠다.

기차는 목적지를 향해 가고 있는데 결국 내 생각은 다시
원점으로 돌아왔다.

신문의 하단에는 금주의 베스트셀러 목록이 나열되어 있다.
1위는 『꾸뻬 씨의 행복여행』이었다. 내용보다는 '행복'이라는
제목이 독자 선택권에 한몫했을 것이라는 지레짐작을 했다.
철학자 스피노자는 '슬픔은 더 완전하다는 느낌에서 덜
완전한 느낌으로 이행하는 감정'이라고 했다. 이를 바꾸어서
말한다면 행복이란 덜 완전한 느낌에서 더 완전한 느낌으로
이행하는 감정이라고 할 수 있으려나. 하지만 수도승처럼 혼자
사는 것도 아닌 일반인들에게 슬픔과 행복을 어찌 심리적인
면으로만 전부 설명할 수 있겠는가?

종착역이다.

자리에서 일어서며 세상사람 모두가 행복하기를 기원했다.
적당한 물질적 여유와 심리적 안정 그리고 주변의 평화가
더불어 함께하길…….

명사십리에서
해당화를
만나다

참으로 오랜만에 양손에 신발을 들고서 맨발로 낙산 해변을
가만히 걸었다. 어스름 녘에 만난 '철 이른' 바다는 생각보다
훨씬 한적했다. '철 지난' 바닷가의 푸석푸석한 풍광과는 전혀
격이 다른 풋풋한 한가함이었다. 걸어도 걸어도 끝자락은
여전히 아득했다. 모호하게 긴 거리는 대충 십리十里라고
하면 무난하다. 그래서 선인들은 '명사십리'라는 이름 붙이길
좋아했나 보다. 육지 쪽의 맨 모래땅이 주는 퍽퍽함보다는
물가의 젖은 모래가 오히려 더 걸을 만했다. 어둠 속에서
경계선이 없는 동일한 모래밭인데 느낌은 달랐다. 물먹은
자국이 희미한 경계선 역할을 대신해 준 까닭이다.
이 땅의 해안가에 살았던 주민들은 가늘고 고운 눈부신

모래를 '명사(鳴沙)'라고 불렀다. 실크로드의 분기점인 둔황
사람들은 '밍사(鳴砂)'라고 표기했다. 바람에 이는 모래 소리가
울음처럼 들렸던 까닭이다. 유목민은 소리에 더욱 민감하고
농경민은 빛깔에 더 예민했던 모양이다. 서역 지방의 밍사산에
올랐던 박남준 시인은 '인생이 이렇게 발목이 푹푹 빠져드는
길이라면 일찍이 그만둬야 하는 일 아니냐……. 세상에 지친
이들이 여기 올라 모든 울음을 묻고 갔으리'라고 노래했다.
'소리 나는 모래밭(鳴砂)'을 겪어 보지 못한 주변인에게도
그 괴로움을 실감나게 묘사한 절창이다. 반대로 원산의
'오리지널' 명사십리에서 짚신을 들고 걸었던 만해 한용운
스님은 "자연스러운 쾌감을 얻었다. 가늘고 보드라운 모래는
밟기에는 너무도 다정스러워 맨발이 둘뿐이라는 것이 매우
유감이었다(원문에는 '사실이 부족하였다'라고 돼 있음)."라고 하여 명사를
밟는 느낌까지 즐겼다. 모래밭의 두 얼굴인 셈이다.
일출을 보기 위해 이튿날 또 백사장 위에 섰다. 어둠이 대충
가릴 것은 가려 준, 밤이 주던 모래밭의 촉감과 파도를 향한
귀 열림은 별로 쓸모가 없었다. 모든 것이 드러난 아침에는
눈이라는 시각(視覺)의 할 일이 훨씬 더 많아진 탓이다. 흰
모래에 붉은 해당화가 대비감으로 등장한 것도 그 시간대였다.
척박한 모래땅 위에서도 당당한 그 모습은 강렬한 인상을
주었다. 어제 낮, 홍련암 가는 길에서 마주쳤을 때는 주변의
풀 그리고 나무들과 어우러져 진홍빛이 그다지 도드라지지
않았던 것이다. 더불어 염분을 좋아하면서도 또 지나친

소금기의 흡수를 막기 위해 줄기와 잎에 가시와 털을 만들어
낼 줄 아는 절제의 미학도 아울러 갖추었다. 무엇이든지
모자라는 것도 문제지만 넘치는 것도 그 못지않다. 과유불급은
해당화에도 해당되었다.

인근 강릉 선교장에서 나오는 길에 만난 해당화는 화사함
뒤에 숨어 있는 그늘인 '가시와 털'이 오히려 더 큰 울림을
주었다. 전언에 따르면 해방 전 선교장에 살던 집안이
금강산을 거쳐 원산의 명사십리로 가족여행을 갔을 때
안주인이 캐 온 꽃이라고 했다.

긴 백사장에서 유장한 가문의 역사를 읽었고, 모래밭에 뿌리를
내리려고 애쓰는 해당화를 보며 종부로 시집왔을 당시
자신의 모습과 이미지가 겹쳤을 것이다. 많은 식솔들이 때로는
가시처럼 마음에 생채기를 남겼지만 그럼에도 솜털 같은
따스함과 부드러움으로 모든 걸 덮어 가며 집안을 건사해야
했던 삶이 그 꽃을 옮겨 심도록 했을 것이라는 상상력에
공감했다.

내친김에 금강산 가는 길을 올라가면서 서산 대사의 선시를
가만히 읊조린다.

> 금강산의 구름이
> 명사십리에 비 되어 내리고
> 해당화마저 지고 나니
> 길 위에는 우리 서너 명뿐.

성인마저
뛰어넘는
노릇노릇한 '찹쌀떡'

수능시험을 앞두고 전국 기도처에는 막바지 입시기도가
한창이다. 더불어 수험생 주변의 지인들도 한두 번쯤 찹쌀떡
가게로 발걸음을 향하는 시절이기도 하다. 이 무렵에
참배한다면 참으로 어울리는 성지가 있다. 늘 벼르기만
하다가 지난 9월 하순 비로소 기회가 닿았다. 일본 전역에서
연간 7백만 명이 다녀간다는 '학문의 신'이자 '공부의 신'을
모셔 놓은 신전을 순례한 것이다. 스승의 칠순 나들이에 책을
좋아하는 제자 10여 명이 함께했다. 목적지도 좋았고 길벗은
더 좋았다. 본당 뒤편에는 닳아서 더 이상 사용할 수 없는
붓들의 무덤인 '필총筆塚'도 보인다. 글을 숭상하는 공간임을
말없이 대변한다.

그런데 중생이란 어차피 자기 위주로 모든 것을 생각하고 받아들이기 마련이다. 학문의 신에 대한 추앙도 추앙이지만 그보다는 내가 원하는 바를 이루는 것이 더 우선이다. 학신學神은 세월이 흐르면서 당신도 모르는 사이에 '시험기도 전문 신'으로 둔갑해 있었다. 하긴 대중이 원한다면 설사 내키지 않더라도 마다할 일은 아니다. 학신이면 어떻고 시험신試驗神이면 어떠랴. 알고 보면 그게 그것이다. 원하는 학교에 들어가 공부를 하다 보면 또 다른 자기 한계에 부딪히기 마련이다. 그다음에 또다시 문제 해결을 위해 학신을 찾을 것이 아니겠는가? 무엇이든 순서가 있는 법이라고 생각한다면 변신을 굳이 탓할 일도 아니다. 설사 신의 경지에 올랐다고 한들 어찌 수많은 사람의 간절한 소망을 외면할 수 있으랴. 아무리 간 큰 신이라고 할지라도 혼자 고상한 체하다가 외톨이가 되느니 차라리 번거로움을 감수하면서 더불어 사는 편이 여러모로 낫지 않을까 하는 무엄한(?) 상상까지 해 본다.

가을로 접어드는 큐슈 텐만구 신사는 관광객과 시험기도 인파로 넘쳐났다. 하긴 시험이 어찌 대학입시뿐이겠는가? 직업군이 다양해지면서 시험 종류도 그만큼 늘어났다. 알고 보면 사는 것 자체가 시험의 연속이다. 단계 단계마다 통과의례처럼 거쳐야 하는 것이 세상살이다. 사정이 이러하니 시험신 역시 일 년 내내 그만큼의 기도객을 매일같이 맞아들여야 하는, 이것이 신의 현실이기도 했다.

야외에 설치된 긴 탁자 양쪽에는 귀밑에 솜털이 뽀송뽀송한
소년과 소녀들이 진지한 표정으로 고개를 숙인 채 소원지에
뭔가를 또박또박 열심히 적고 있다. 그 모습이 안쓰러우면서도
다른 한편으로 대견해 보인다. 학생들과 나이가 비슷했던
시절, 시험을 앞둘 무렵이면 늘 아랫배가 살살 아프고 심할
때는 설사까지 했다. 그럼에도 저들처럼 기도할 생각은 하지
못했다. 시험 스트레스 때문에 실력보다 제대로 점수가 나오지
않는다고 투덜거렸던 기억만 새록새록 일어난다.

역에서 신사 정문까지 진입로 양편에는 저마다 솜씨를
자랑하는 찹쌀떡 가게가 즐비하다. 그뿐만 아니라 경내의
식당 안내판에도 찹쌀떡 메뉴는 절대로 빠지지 않는다.
수험생에게 찹쌀떡을 주는 세시풍속의 근원을 만난 셈이다.
뿌리를 찾아냈다는 사실은 언제나 경이로움을 준다. 이제 더
이상 시험에 응할 일이 없는 위치가 되었다. 하지만 그래도
혹여 '시험에 들까 봐' 찹쌀떡 가게에 들렀다. 이튿날까지
약간 딱딱해진 것도 맛있게 씹으면서 일정대로 따라다녔다.
1200년의 역사를 지닌 떡은 그 자체로 이미 음복飮福의 영험을
지닌 까닭이다.

찹쌀떡은 유배당한 스가와라노 미치자네를 학문의 신으로
승진시킨 일등공신이다. 귀양지에서 유일한 즐거움은 인근의
작은 절에 머물고 있는 나이 많은 비구니 스님이 가끔 갖다
주는 찹쌀떡을 얻어먹는 일이었다. 얼마나 큰 위로가 되었는지
화병으로 2년 만에 죽었을 때 영구 위에 찹쌀떡을 얹어 줄

정도였다. 그의 넋을 달래기 위해 세운 사당에도 늘 찹쌀떡
공양물은 빠지지 않았다. 정치적 분노로 인하여 일그러졌던
그를 차츰차츰 본래의 단엄한 학자 모습으로 되돌아올 수
있도록 치유해 준 소울푸드였다. 이런 공로로 인하여 찹쌀떡은
천 년 동안 신성하면서도 또 사랑받는 먹을거리가 되었다.
그리하여 주변의 천여 개의 가게를 천 년 동안 먹여 살리는
지역사회의 효자 상품이 된 것이다.

하긴 억울함으로 가득 차 있는 귀양객에게 무슨 말인들
제대로 귀에 들어오겠는가? 백 마디 거룩한 말씀보다는
노릇노릇하게 잘 구워 낸 찹쌀떡 한 점이 훨씬 더
감동적이었을 것이다. 그래서 누군가 운문 선사에게 "어떤
것이 성인마저 뛰어넘을 수 있는 말씀인가?"를 물었을 때
"찹쌀떡(원문은 호떡)!"이라고 대답한 것이 아니겠는가.

산속 절에서
바다를
보다

긴 가뭄 끝에 장대비가 세차게 내린다. 바닥을 드러낸 전국
수원지의 물 걱정도 한 시름 덜게 됐다. 어제 삼경엔 빗소리와
함께 잠을 청했고 오늘 새벽은 추녀의 낙숫물 소리에 잠을
깼다. 대낮까지 그칠 줄 모르고 내리는 비를 한참 동안
물끄러미 바라보다, 이내 스스로 너무 처져 버린 느낌이
싫어서 찻상을 당기고는 물을 끓였다. 끓는 물은 올라가면서
소리를 내고 비는 내려오면서 소리를 낸다. 두 소리가 방문을
경계로 묘하게 어우러진다.

고개를 돌려 건너편 수정봉을 쳐다보니 안개구름이 느슨하게
가로로 비스듬히 걸려 있다. 수정봉은 그 이름만으로 이미 물
기운을 가득 담았다. 거기에 더하여 산봉우리 정상에는 돌거북

형상을 한 바위가 한자리를 차지했다. 산이지만 물기둥이라고
여긴 까닭이다. 주로 목조건물로 이루어진 절집은 늘 화재
방지를 위한 비책까지 염두에 둬야 했다. 그래서 불기운을
누르기 위한 비보裨補를 항상 주변에 만들었다. 수정봉을
떠받치면서 절 마당 끝에 절벽처럼 서 있는 산호대는 아예
바닷물을 빌려오는 역할까지 맡았다. 불그스름한 산호
빛깔만으로는 정체성과 능력이 의심스럽다고 여겼는지
'산호대'라는 글씨를 손 타지 않을 정도의 높이에 눈에
거슬리지 않을 만큼 정성껏 새겨 그 영험을 더했다.
산호는 산山은 말할 것도 없고 더 높은 곳인 하늘까지
올라가는 수고로움도 마다하지 않는다. 산호나무(prijta)는
도리천忉利天에 있다. 물론 그 모양이 산호처럼 생겼던 까닭에
붙여진 이름이다. 붓다가 하늘 세상에 살고 있는 이들을
위한 가르침을 펼 때 산호나무의 그늘자리를 주로 이용했다.
인간세계의 보리수 역할을 천상세계에서 산호수珊瑚樹가
대신했던 것이다. 그런 까닭에 『아함경』에서 '산호수는
모두에게 기쁨을 주는 나무'라는 칭찬을 들었다.
비가 내려 온 도량에 물이 그득하다. 산에서도 잠시나마
바다의 잔영을 본다. 티베트 사람들은 사막과 고산으로
둘러싸인 해발 3천 미터 고원지대에 있는 그 호수를
'청해(淸海. 칭하이)'라고 불렀다. 달라이 라마의 함자인
'달라이Dalai'도 대해大海라는 의미라고 하지 않았던가.
한반도 영남내륙 깊숙한 곳에 자리 잡은 해인사海印寺는 아예

이름 첫 자에 '바다 해海'자를 붙여 놓았다. 이처럼 해수가 먼 지역도 바다 운운했던 것이다. 하지만 큰 바다 역시 언제나 아득히 높은 산을 그리워하고 있을 게다. 어쨌거나 그 옛날 한때 속리산도 바다였을 것이다. 산호대는 그때를 추억하며 묵묵히 자기 자리를 지키고 있는 것이리라. 예전에 지독한 감기몸살을 한동안 앓던 제주도 출신 스님이 흰 마스크로 입을 가린 채 퀭한 눈빛으로 "아! 갯것 냄새 맡으면 금방 일어날 것 같은데"라고 혼잣말로 중얼거리던 그 심경을 알 것도 같다.

내릴 만큼 내렸는지 비가 잦아들기 시작한다. 하지夏至가 지나긴 했지만 여전히 낮이 길어 일몰 시간임에도 숲 주위까지 훤하다. 산책삼아 동구 밖까지 물 구경을 갔다. 해자垓字처럼 절을 감싸고 흐르는 계곡 한편에 놓여 있는 징검다리는 물 속에 잠겨 이미 자기 역할을 접었다. 큰물이 지나간 뒤 개울 안의 키 큰 풀들은 그대로 드러누운 채 아예 일어날 생각조차 하지 않고 있다. 씩씩해진 물길을 만끽하는 호사를 누린 덕분에 넉넉해진 마음으로 다시 본래 자리로 돌아오니, 젖은 산호대 위로 별빛이 하나 둘 내려오고 있었다.

정직한
기록이
지혜를
남긴다

가끔 옛 문서를 접할 일이 생긴다. 최근 두 건을 만났다.

모두 상량문(上樑文. 집 짓는 과정을 기록한 글)과 관계된, 몇 십 년

전에 쓴 작고 소박한 미공개 서류이다. 하지만 첫 대면이

주는 설렘은 이미 공개된 유명 고문서에 비할 바가 아니었다.

그것은 나 혼자만 누릴 수 있는 잔잔한 기쁨이다. 지난해

이맘때 즈음 해인사 산내 암자인 지족암의 옛 상량문을 보게

되었다. 최근 본채를 해체 복원하면서 발견된 것이다.

1936년 큰 홍수로 기와집이 무너졌고, 1941년 고산혜명 스님이

중건했다는 사실이 주된 내용이다. 물론 그 이전의 구전을

포함한 오랜 역사까지 고스란히 기록했다. 한지 위에 붓글씨로

또박또박 썼는데, 70년 전의 기록이라고 믿기지 않을 만큼

보존상태가 양호했다. 청탁받은 대로 한글 번역과 해설 작업에 별다른 품이 들지 않는 꾸밈없는 평범한 글이다. 특이한 것은 상량문이라는 보편적 제목 대신 '양간록梁間錄'이라는 이름으로 차별화를 시도한 점이다. 글을 쓴 고경 스님의 줏대가 나름대로 느껴졌다.

2011년 여름, 어느 사찰에서 상량문을 정리해 달라는 요청이 왔다. 한국전쟁 때 소실된 것을 60년 만에 다시 지었다는 것이다. 두고 간 자료 가운데 '미확인징발 재산신고서'라는 특이한 문서가 있었다. 종전 후 10여 년이 지난 1966년 8월에 작성된 것이다. 당시 그 절 주지였던 김창수金昌洙 스님에 의해 '1950년 10월, 육군 0사단 제00연대 제0대대가 본 사찰에 진주하던 중 소각하였다'는 구체적인 내용이 담겨 있다.

심지어 현장 지휘관의 관등성명까지 남겨 국방부 장관에게 청원한 서류다. 한마디로 요약하자면 작전상 불가항력의 사유로 '징발 중 소각'을 인정해 달라는 신고서였다. 전쟁 와중에도 침착하게 사실 관계를 기록으로 남겨 직분뿐만 아니라 사가史家의 의무까지 다한 노고 앞에 숙연함마저 일어났다. 그 공덕을 상량문을 통해 찬탄하는 것은 후학이 할 수 있는 또 다른 헌사의 귀한 기회였다.

홍수의 피해와 전쟁의 아픔이 어디인들 비껴갈 수 있을까? 없어지고 다시 만들기를 반복하며 생멸의 순환 이치를 배우게 된다. 상량문은 인간사의 흥망성쇠와 희로애락을 담아 놓은 또 다른 교재인 것이다.

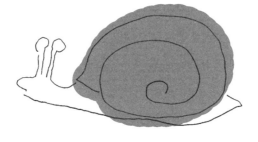

안과 밖의 경계,
석문石門에서 근심을
버리다

천왕봉 진달래는 나뭇가지에 꽃잎 몇 개를 달고서 가는 봄을
마지막까지 악착같이 붙들고 있었다. 꽃을 쥐고 있음은 그만큼
자기의 계절이요, 나의 시간임을 은연중에 드러낸 것이다.
내려오는 길에 잠시 쉰 자리의 산벚꽃은 꽃잎을 길바닥에
점점이 화사하게 모두 떨구고는 이미 새잎을 달고 서 있다.
어쨌거나 나무도 꽃잎이 떨어진 자리만큼, 그리고 그늘을
드리운 지역만큼은 자기 구역이었다. 산과 물을 경계선으로
삼던 시절에는 자연의 석문石門 역시 주변 암자의 권역임을
알려 주는 경계석 구실을 했다. 상환암과 상고암은 암자
이름을 붙인 석문이 일주문을 대신하고 있었다.
석문이라는 이름을 달기 위해선 몇 가지 조건을 갖춰야 한다.

먼저 바위 사이로 길이 열려 있어 통로 기능을 해야 한다.
또 자연스럽게 지붕 구실을 해야 하는 바위도 덧씌워져야
한다. 그래야 뭔가 문이라는 느낌을 주기 때문이다. 하지만
이것만으로 부족하다. 마지막으로 석문을 경계로 하여 앞뒤
풍광의 차별성까지 있다면 그야말로 금상첨화라고 하겠다.
상환석문이 그랬다.

숨이 턱턱 막히도록 경사진 길을 힘겹게 오른 후 한숨을
돌릴 무렵 만난 석문이다. 돌의 규모도 장대하거니와 몇 개의
바위가 어우러져 지붕과 기둥 모양을 자연스럽게 만들었다.
통로도 저쪽이 훤히 보이는 곧은 길이 아니라 굽어 있는
까닭에 그 앞에 서면 시각과 생각마저 잠시 끊긴다. 그리고
석문길치고는 제법 긴 편이라 여운마저 남긴다. 더불어
'중석문中石門'이라는 글씨가 새겨져 있어 족보(?)까지
구비했다.

이 석문을 통과하면 곧장 평탄한 오솔길을 따라 양편으로
산죽山竹이 펼쳐지는 평원이 나온다. 편안하고 여유롭게 걸을
수 있는 기쁨을 준다. 석문의 아래쪽 숨 가쁜 길과 위쪽의
느긋한 길이라는 전혀 다른 느낌으로 인해 이 석문길을 즐겨
찾는다. 무릉도원 입구의 동굴문도 한 사람이 겨우 지나갈
만한 크기에 불과했지만 인간 세상과 신선 세계를 이어 주는
대문 구실을 했다고 한다. 속리산에는 여덟 개의 석문이 있다.
'팔석문 길'을 걸으면서 마음속 여덟 가지 근심거리를
한 개씩 덜어 내는 자기발견의 기쁨을 누리기 위해 많은 걷기

족이 발품을 아낌없이 팔았다.

인간은 누구나 태어나면서 관혼상제라는 4단계 석문을
통과하기 마련이다. 문 한 개를 통과할 때마다 신분과
모습이 단계별로 바뀌는 과정을 겪는다. 부처님은 태자 시절
동서남북의 네 개 문을 지나면서 생로병사라는 네 가지
고통을 목격하신 바 있다. 그 네 문을 통과한 것이 계기가
되어 이를 해결하고자 수행길을 선택했다. 결국 그 길 따라
네 곳의 성지가 이뤄졌다. 올 초엔 당신의 그 성지들을 나의
사대문으로 삼기 위해 순례를 했다. 보드가야의 짙푸른
보리수와 장엄한 등불 행렬처럼, 법주사 일주문 밖으로는
오월의 신록이 눈부시게 빛나고 문 안쪽으로는 성인의 탄생을
축하하는 형형색색의 연등이 가득하다. 해남 대흥사의 초의

선사는 연등에 불을 켜면서 간절한 마음으로 기도했다.

> 해는 대낮에 빛나지만
> 긴 밤의 어둠을 깰 수 없고
> 달은 밤에 빛나지만
> 밤의 어둠을 다 몰아내지 못합니다.
> 어두운 밤의 어둠을 몰아내고
> 긴 밤의 어둠을 깰 수 있는 것은
> 오직 등불만이 가능하니
> 등불을 밝히는 의미가 참으로 심원深遠합니다.

하늘이건 땅이건
내가 걸으면
길이 된다

강변길에도 도심 공원에도 동네 뒷동산에도 모두가
걷겠다고 아침 일찍, 또는 일과를 마친 저녁 무렵 너도나도
집을 나선다. 그야말로 '걸어야 산다'고 외치면서 비장한
표정으로 이를 악물고 손을 크게 흔들면서 걷는 '빠른
걸음걸이'가 이 시대의 또 다른 풍속도를 만들어 가고 있다.
남녀노소를 막론하고 걷겠다는 인구가 폭발적으로
늘어나면서 그동안 '빨리빨리'를 외치며 차에게 일방적으로
양보했던 길들이 '느리게'를 외치는 사람들 품으로 다시
돌아오고 있는 것이다. 사람과 차의 중간인 자전거 길까지도
합세하고 있다. 걷기 동호회가 늘어나면서 전국적으로 걷기
좋은 길은 거리의 멀고 가까움을 가리지 않고 적지 않은

사람을 불러 모으고 있고, 지방자치단체마다 나름대로 옛길을
복원하여 지역홍보에 어김없이 등장시키고 있다.

탈것이 없던 시절에는 모두가 걸어 다녔다. 마차는 출세한
사람들이나 탈 수 있는 귀한 물건이었다. 과거 길에 오르는
젊은이들은 짚신을 몇 켤레씩 준비하며 돌아올 때는 꼭 말을
타고 오리라고 스스로에게 맹세했을 것이다. 문경새재 길은
그 흔적이 고스란히 남아 있는 걷기 좋은 길이다. 오늘날
청년들은 '언젠간 저 길을 꼭 걸어 보리라'고 달력에 붉은
동그라미를 치고서 벼르는 시대가 되었다. 제주도 올레길이
요즈음에는 가장 인기 있는 '걷는 길'이다.

걷기의 원조는 아무래도 '성지순례길'이다. 걸어서 가는
것조차도 불경스러운 마음이 들었는지 온몸으로 절을 하면서
성지를 향해 걷는 티베트의 오체투지 길은 오늘날에도 여전히
살아있는 순례길이다. 중국의 오대산, 구화산, 낙가산, 아미산
등 4대 불교성지에는 삼보일배로 참배 오는 이들을 심심찮게
만날 수 있다. 숭고하긴 하지만 아무나 할 수 있는 일이 아니라
모두가 흉내 내기에는 쉽지 않는 일이다.

일본 시코쿠에는 1400km를 걸어 45일 동안 88개 사찰을
찾는, 1200년의 역사를 가진 순례길인 '오헨로(お遍路)'가 있다.
오늘도 그 길을 흰 장삼차림으로 걷는 오헨로상(さん. 오헨로를
순례하는 사람)들을 심심찮게 마주칠 수 있다. 이 지방 출신인
일본 진언종의 개산조인 홍법공해 대사의 수행 흔적을 따라
세월이 흐르면서 자연스럽게 만들어진 순례길이다. 이즈음

걷는 사람들에게 또 다른 꿈인 '산티아고 가는 길'이 뜨고
있다. 본래는 '성인 야곱의 열반지'를 찾아가는 천 년 역사의
성지순례길이었으나 이제는 걷는 길의 대명사가 되었다.
프랑스 쪽에서 피레네 산맥을 넘어가는 800km를 한 달여 동안
걷는 길인데 세계적으로 가장 인기 있고 대중화된 길이다.
서명숙 작가도 이곳을 다녀온 뒤 영감을 받아 제주 올레길을
기획하게 되었다고 한다.

인생의 교훈을 얻기 위해 사람들과 떨어져 사색의 시간을
갖기 위해 오늘도 산티아고로 떠나는 사람들의 행렬이
이어지고 있다. 길 위의 인간으로서 자신의 운명을 향해
걷다가, 자기도 모르게 순례자가 되는 이중적 매력이
이 길로 사람을 불러 모으는 생명력이다. 인간은 누구나
자기의 행위에 대해 의미를 부여하고 싶어 한다. 사색과

건강을 위해서 무작정 걷는 것만으로는 뭔가 허전하다.
그래서 고행이 아니면서도 나름대로 의미를 부여하는 걷기인
성지순례가 다시 부각되는 것이다.

옛 인도의 성인 기야다 존자에게 어떤 왕이 물었다. 그는 왕의
신분이었지만 예의를 갖추기 위하여 마차를 타지 않고 먼
길을 일부러 걸어서 왔다.

　"저에게 진리를 가르쳐 주십시오."

　"오실 때도 길이 좋았으니 가실 때도 길이 좋을 것입니다."
올 때의 마음처럼 돌아가서도 그 마음을 잃지 말고 진리를
구하듯 정치를 하라는 의미였다.

길은 도_道다. 걷는 것이 바로 도를 닦는 수행이다. 시간 날 때마다 열심히 '나는 누구인가'라고 스스로에게 질문을 던지면서 걷는다면 몸도 생기가 돋지만 정신 역시 살아날 것이다.

마곡사에서
만난
무릉도원

무르익은 봄날에 찾아가는 마곡사의 환상적인 봄 길은 갖가지
꽃과 여리디여린 잎으로 꾸며 놓은 무릉도원이었다. 예부터
호서지방에서는 '춘마곡春麻谷'이라고 했다. 봄에는 마곡사의
경치가 인근에서 으뜸이란 뜻이다. 지금의 우리처럼 그
시절에도 봄을 즐기기 위해 이 골짜기(谷)로 마麻처럼 삼삼오오
무리 지어 다녀갔을 조상들의 소박했던 나들이를 그려 본다.
꽃구경은 겨울의 고단한 현실을 떠나 봄이라는 희망의
무릉도원을 찾아나서는 일이었다. 전란과 가난으로 어려웠던
시절 『정감록』은 나름대로 유토피아인 십승지十勝地를
열거하여 평민들을 위로했다. 공주 땅의 유구천과 마곡천
사이에 자리한 마곡사 지역도 포함됐다. 산과 물이 서로

휘돌아 에스(S)자로 감기는 길지인 연유다. 지역 어르신들에
의하면 그 이름에 걸맞게 한국전쟁이 지나간 줄도 몰랐다고
한다.

백범 김구 선생은 평생 가장 큰 신세를 진 곳으로 마곡사를
꼽았다. 난세를 피해 몸을 의탁한 곳이기 때문이다. 이곳에서
얼마 동안 승복을 입고 생활했다. 큰절은 물론 인근
백련암에도 선생의 체취가 남아 있다. 출가 당시 삭발하는
심경을 백범일지에 몇 줄의 기록으로 남겼고, 후학들은 그
자리를 기념하는 표식을 세웠다. 해방 후 당신이 이 절을 다시
찾았을 때, 큰 법당 기둥에 세로로 쓴 '돌아와 세상을 보니
흡사 꿈속의 일과 같구나(却來觀世間 猶如夢中事)'라는 글귀를
바라보며 한동안 감회에 젖었다고 했다.

무릉도원도 알고 보면 천상의 신선 세계가 아니라 난리를
피해 들어온 은둔과 보신(保身)의 땅일 뿐이다. 도연명은
『도화원기』에서 '그곳은 농사짓고 생활은 검소하면서 마음이
평화로운 마을'이라고 그렸다. 별천지에서 누리는 사치라고
해봐야 봄이면 도화가 흐드러지게 피는 경관을 즐길 수 있는
수준에 불과했다.

은둔이란 세상에서 가장 긴 만행(萬行)이다. 법정 스님처럼
숨음으로써 오히려 더 스스로를 드러내는 역설적인 도리가
함께하는 곳이기도 하다. 유럽의 산티아고 가는 길과 일본
오헨로 길처럼 마곡사의 '백범 명상 길'은 십승지 순례길이다.
그곳에는 건축가 승효상 선생의 덜어 냄과 비움을 추구하는

건축 철학과 공空이라는 불교정신을 한 몸에 버무린 나지막한
현대 건축물이 자리하고 있다. 걷다가 지치면 몸을 누이고 또
마음을 비우고 덜어 낼 수 있는 곳이다. 여러 채의 건물이 각각
외따로 떨어진, 그러면서 은근히 하나로 묶여진 공간이기도
하다. 은둔 객이 되어 꽃 지고 잎 나는 자리에서 계곡물 소리를
오래도록 들었다. 세상의 화려함과 번거로움 그리고 내
마음속의 전란戰亂을 피해 제주도 올레길과 지리산 둘레길을
걷는 사람들처럼 나도 이 길을 천천히 걸었다. 언젠가 50대
가장이 "젊을 때는 가을이 좋더니 이제는 꽃피는 화사한 봄이
더 좋습니다."라고 한 말이 문득 생각났다. 백번 공감하며
혼자서 또 고개를 끄덕였다.

백범 길을 한 바퀴 돌고서 으스름할 무렵 절 입구의
영산전을 참배했다. 현판을 일부러 소리 내어 읽었다.
그 음을 따라 영산홍의 화사함이 묻어났다. 처마를 맞대고
있는 태화선원의 당호는 매화당이다. 집 그대로가 매화인
꽃대궐인 셈이다. 부처님 오신 날을 맞아 형형색색의 연꽃
등을 불 밝혀 놓았다. 그 덕분에 밤길까지 걸을 수 있는
호사를 누린 봄나들이였다.

갠지스에
꽃등잔을
띄우다

여행이란 꼭 필요한 것만 골라 짐을 싸는 것에서 시작된다.
하지만 이번 목적지는 부처님의 나라 인도였다. 벼르고 별러
나선 탓에 성지순례에 필요한 것은 따로 챙겨야 했다. 그리고
한국의 추위와 인도의 더위를 동시에 겪어야 하는지라 챙겨야
할 짐이 더 많았다. 어쨌거나 가방은 민망할 정도로 배가
불렀지만 그래도 한 꾸러미로 줄이는 데 성공한 후 회심의
미소를 지었다.

하지만 그걸로 끝이 아니었다. 공항에서 추가로 짐이
늘어났다. 011 옛 번호를 고수하고 있는 대가로 투박한
디자인의 두툼한 로밍 전화기 한 대를 더 빌려야 했다.
어찌어찌 구겨서 겨우 집어넣었다. 그렇다고 기존 전화기를

버리고 갈 수도 없었다. 연락 올 때마다 누구인지 알기 위해
번호 검색용으로 사용하기 위해서다. 이런 이중불편을
감수하면서도 2G인 옛 번호를 고집하는 것은 이미 내 번호를
알고 있는 주변인들에 대한 배려라는 변명으로 일관하고
있다. 하지만 속내는 통화와 문자 말고 별다른 추가 기능의
필요성을 느끼지 못하기 때문이다. 물론 아직도 삐삐를
고집하는 사람들보다는 한 수 아래이긴 하지만. 신문물을
두려워하지 않고 재빨리 받아들여 편리하게 이용하는
얼리어답터 도반 스님은 이런 문화지체 현상을 보이는
나를 향해 '국가 IT정책에 반하는 매국노 짓 그만하고 빨리
010으로 바꾸라'고 말했다. 그 잔소리가 귓가에 환청처럼 다시
들려왔다.

그 순간 여분으로 마련해 둔 카메라용 메모리와 전지를
제대로 챙겼나 하는 생각이 갑자기 들었다. 긴가민가하면서도
어쩔 수 없이 공항 면세점에서 추가로 구입했다. 작시만
또 짐이 늘었다. 한 가마니 위에 보태지는 것은 설사 한
홉일지라도 무거운 법이다. 첫 기착지 바라나시에서 여장을
풀고 충전을 하려는데, 두고 온 줄 알았던 그 물건이 가방
구석에서 튀어나왔다. 어이가 없어 쓴웃음을 지었다.
여명의 강변은 힌두교 순례객들로 발 디딜 틈조차 없이
붐볐다. 부처님도 새벽마다 강물에 얼굴을 씻고 바라나시
강변을 자주 산책했다. 『금강경』에 몇 번씩 반복되는 '매우
많다'는 뜻의 항하사(갠지스 모래)는 무척 부드럽고 가늘었다.

강은 수중 보궁寶宮이었다. 1794년 지방장관인 자가트 싱Jagat Singh은 석재와 적벽돌이 필요해 인근 사슴동산의 거대한 스투파(탑)를 해체해 썼다. 그 과정에서 노출된 부처님 사리를 갠지스 강에 버린 이후 이곳은 불교성지의 의미까지 더하게 되었다. 성당과 모스크를 겸한 이스탄불의 소피아 박물관처럼 겹 성지는 세계종교사에 더러 있는 일이다. 꽃등잔을 강물에 띄워 보내며 인도대륙과 한반도 그리고 지구촌의 '종교간 평화'를 함께 기원했다.

소와 개까지 인간과 함께 살고 있는 바라나시 거리는 볼거리의 연속이었다. 2600여 년 전 부처님이 만났던 '생로병사의 고통'이라는, 잊고 있었던 불편한 현실을 곳곳에서 마주쳐야만 했다. 여인네들이 두르고 있는 '바라나시 산産 전통 실크사리'의 화사함만이 칙칙하고 혼돈스러운 도시 분위기를 그나마 일정 부분 상쇄시켜 주었다.

마지막 전지로 교체하면서 새삼 '건망증도 쓸 데가 있네' 하며 혼자 웃었다. 세 개의 건전지 덕에 종일토록 진풍경을 맘껏 담아낼 수 있었던 까닭이다. 하지만 무겁게 지고 온 임대전화는 '세계에서 가장 오래된 도시'답게 문자 전송이 전혀 되지 않아 별반 소용이 없었다. 세상만사가 새옹지마塞翁之馬라 했던가.

윤달,
모자란 것을
채우다

일간지에는 명당이라는 추모공원들의 안내 광고가 자주
등장한다. 불교계 언론에는 '세 절 밟기'를 알리는 광고도 자주
실린다. 교통망이 순조롭게 연결되는 지역 유명 사찰들이
'삼사三寺 순례' 홍보에 적극적으로 나선 까닭이다. 약간의
'활자 중독' 증세와 파적 삼아 읽을 만한 것이 별로 없는 산중
생활인지라 저절로 광고까지 꼼꼼히 살피면서 발견(?)한
사실이다. 모두가 윤달과 관련된 것이었다.
두 달 전 2월은 마지막 날짜가 29일이었다. 다른 해는 28일로
마감하는데 올해는 하루를 더 얹어 준 거다. 4년 만에 오는
이른바 윤일閏日이다. 실제의 1년과 달력상 하루 차이를 없애기
위한 방편이라고 했다. 그러고 보니 몇 년 전 신년 벽두에

윤초閏秒라고 하여 1초를 더한다는 뉴스를 접한 것까지 다시
떠올랐다. 협정 세계시世界時와 실제 지구 자전, 공전의 기준인
태양시太陽時의 차이로 인해 1초를 보탠다는 해설이었다.
어쨌거나 1초는 말할 것도 없고 하루 정도는 더하거나 빼거나
별로 실감날 만한 일은 아니다. 그래서 둘 다 그러려니 하고
지나갔다.

하지만 올해는 2월 윤일에 이어 4월 21일부터 한 달간의
윤달, 즉 '윤 3월'이 들었다. 알고 보면 근거는 다르다. 윤일은
양력에 의거한 것이고 윤달은 음력에 따른 것이다. 달(月)을
기준으로 하는 음력 1년은 354일이다. 양력에 비해 11일이
모자라는 까닭에 4년을 주기로 한 달씩 보탠 것이라고 소싯적
과학시간에 배웠던 기억까지 애써 더듬어야 했다.

천 년 전, 송나라 때 홍영소무 선사는 "자연은 가장
신령스럽지만 그래도 3년마다 한 번씩은 윤달이 끼어야
조화신공造化神功을 완수할 수 있다."고 에둘러 말씀한 바 있다.
사실 2월 29일의 혜택이라고 해봐야 공과금 마감이 하루
정도 늦춰지는 것뿐이다. 혹여 그날 태어난 아이는 생일상을
4년마다 한 번씩 받는 억울한 일을 당할 수는 있겠다.
구세대의 함자에는 '윤' 자를 넣는 경우가 더러 있었다.
이름 속에서 윤달에 태어났음을 은연중에 드러낸 것이다.
하지만 그의 진짜 생일은 언제 돌아올지 가늠이 되지 않는다.
윤삼월이 19년 만이라고 하니 그 정도 세월은 흘러야 할 것
같다.

음력과 양력을 함께 사용하는 문화권에서 윤달의 비중은 윤일에 비할 바가 아니다. 조선시대 홍석모 선생은 『동국세시기』라는 저술을 통해 '윤달은 천지의 영적인 기운도 인간사를 간섭할 수 없는 기간'이라고 했다. 그래서 산소 이장을 비롯한 심리적으로 위축될 만한 일은 주로 이 시기를 이용해 해결했다. 21세기에도 윤달의 이삿짐센터는 호황이고 예식장 일정은 개점 휴업상태다. 음력의 힘은 우리의 생활 구석구석에서 알게 모르게 영향력을 발휘하고 있다. 사실 달력은 양력만으로 충분하지 않다. 태양만큼 달도 실제로 우리 생활에 많은 영향을 끼치는 까닭이다. 그래서 양력과 음력은 중도中道적으로 사이좋게 공존해 왔다.

어쨌거나 윤초와 윤일, 윤달은 모두가 모자라서 보태는 일이다. 『동국세시기』는 '강남 봉은사는 윤달을 맞이하여 한 달 동안 서울 장안의 인파가 끊어지지 않았다'고 해 윤달엔 모자라는 신심信心도 보충했음을 전한다. 바깥일은 말할 것도 없고 내면세계의 허虛함도 함께 채웠던 것이다. 늘 안팎으로 부족하다고 아우성인 것이 우리들의 일상사다. 하지만 모자라서 보태는 것만큼 넘쳐서 덜어 내는 일도 중요하다. 윤달 동안 넘치고 모자람을 잘 살펴 덜어 낼 건 덜어 내고 보탤 것만 보탤 일이다.

천하 사람을 위한 그늘이 되다

덥다. 그늘을 찾는다. 처마 끝이 만들어 낸 직선의 지붕 그늘도
좋지만 나무가 만들어 준 원만한 곡선의 그늘은 더 고맙다.
동네 어귀 느티나무처럼 한 그루가 만들어 내는 도도한
그늘은 격이 있고, 소나무 군락처럼 여러 그루가 동시에
만들어 내는 빽빽한 숲 그늘은 깊은 맛이 있다.
한 그루 그늘이 잠시 쉬기 위한 공간이라면, 숲 그늘은 아예
몸과 마음을 내려놓게 만들고 또 모든 걸 잊어버리게 한다.
이즈음은 치유와 명상의 기능까지 떠안았다. 잠깐 구경 삼아
쉬려 왔던 숲 그늘에 반해 그 자리에 완전히 눌러앉은 이들도
더러더러 있기 마련이다. 혹여 유명인사라면 그 숲은 그대로
스토리텔링이 더해지고 시간이 흐르면서 역사가 된다.

『제왕운기』를 남긴 고려 말의 대학자 이승휴는 당시 '호모 노마드(homo-nomad, 옮겨 다니는 사람)'였다. 그래서 '동안動安 거사'라고 불렀다. 안주하는 삶보다는 차라리 움직이는(動) 것을 더 편안히(安) 여긴 까닭이다. 세상에 원칙(道)이 있다고 생각되면 벼슬자리에 나아갔고, 원칙이 무너졌다고 판단되면 물러나기를 반복했다.

굳은 심지는 옳은 것은 옳다고 했고 그른 것은 그르다고 했다. 그 결과는 파직과 좌천으로 인한 이동이었지만 별로 개의치 않았다. 하지만 강원도 삼척 천은사의 소나무 그늘 자리를 만난 이후엔 망설임 없이 그대로 눌러앉았다. 후학들이 위패까지 모셔 놓은 숲 속 동안사動安祠는 7백여 년 이상 누릴 만한 편안한 휴식처였다.

천은사 가는 길에 들렀던 준경묘, 영경묘 인근의 백두대간은 조선왕실의 탯자리답게 일등급 소나무인 황장목黃腸木으로 가득했다. 소나무는 '왕의 나무'였다. 경복궁 중수와 새 숭례문 복원에는 기꺼이 자기 몸을 아낌없이 내놓았다. 능참봉은 능 관리와 제사 준비 및 의전담당이라는 고유 업무와 함께 인근 소나무 숲을 돌보는 일도 게을리할 수 없었다. 당연히 능을 관리하는 사찰인 천은사 스님들도 같이 힘을 보탰다. 아궁이 불 때던 시절, 넓은 면적의 수만 그루 나무를 지킨다는 것은 결코 작은 일이 아니었다. 능림陵林이기도 하지만 동시에 사찰림인 까닭에 행자들은 새벽마다 '담시역사(擔柴力士, 나무를 지키는 수호신)'에게 감사의 절을 올린 후 장작불을 지펴 밥물

끓이는 것으로 하루를 시작했다.

불볕더위는 무분별한 산림훼손과 이산화탄소의 과다한
배출이 겹친 결과라고 했다. 살아간다는 것 자체가 탄소량을
증가시키는 공범이 될 수밖에 없다. 그 부채의식의 틈을
비집고 어김없이 '녹색성장' 참여를 독려하는 공익광고가
끼어든다. KTX 동대구역 계단을 오를 때마다 '당신은 오늘
나무 8그루를 심었습니다'라는 글귀에 꽂힌다. 서울에서
대구까지 승용차로 올 때보다 기차로 오는 것이 탄소를
그만큼 덜 배출했다는 의미다.

고속도로 톨게이트의 무정차 통과차로에 붙은 '하이패스는
나무 한 그루를 심는 것과 같습니다'라는 안내문도
지구온난화의 책임을 조금이라도 덜어 보려는 운전자를
위로해 준다. 추운 계절에 실내온도를 2도 낮출 경우 연간
탄소 감축량은 소나무 7억 그루를 심는 효과와 맞먹는다는
신문기사 앞에서는 입이 딱 벌어진다.

산문 안의 경치를 가꾸면서 모범적으로 나무 심는 일을
게을리하지 않았던 임제 선사는 "천하 사람들을 위해
그들의 시원한 그늘이 되리라(與天下人作陰凉)."는 한 그루의
말씀까지 덤으로 심었다.

어쨌거나 이번 더위의 모든 책임을 뒤집어쓴 이산화탄소의
입장에선 참으로 억울하겠다는 생각마저 든다.

어제의 해가
오늘 새해로
뜨다

경청도부 선사는 어떤 납자와 이런 선문답을 남겼다.

"어떤 것이 신년 벽두의 불법입니까?"
"새해 아침 복을 여니 만물 모두가 새롭다."

如何是新年頭佛法   元正啓祚萬物咸新

벽에 걸린 새 달력을 다시 한 장 넘겼다. 물론 2월에 있는 구정
연휴 날짜를 확인하기 위해서다. 세간 사람들은 그날 모두가
때때옷입고 세뱃돈 받고 차례 지내고 성묘하면서 제대로 된
명절이라는 느낌을 가질 것이다. 사실 신정이라고 해봐야
동해바다나 명산에 올라 '해맞이'를 마치고 나면 끝이다. 그냥

뜨뜻미지근하게 하루가 흘러간다.

한때 이중과세라고 하면서 위정자들이 끊임없이 설날을
신정으로 통일하기 위해 무던히도 애를 썼던 기억이 새롭다.
일제 강점기에도 그랬던 모양이다. 하지만 그때는 "까치까치
설날은 어저께구요, 우리우리 설날은 오늘이래요."라고 하여
구정을 지키는 것이 민족의 정체성을 지키는 일로 여겼던
시절이었다. 그렇게 한동안 푸대접 받던 구정이 언제부턴가
3일 연휴로 격상되었다. 구박하는 것도 문제지만 그렇다고
해서 너무 융숭한 대접을 하는 것도 좀 저어하다. 둘 다 양변에
걸려 있는 것 같은 느낌이 들지 않은가.

경청 선사가 법문을 한 날도 신정이 아니라 구정이었을
것이다. 여하튼 신정이건 구정이건 신년의 상징 코드는
새로움이다. 사실 어제와 오늘이 다를 것도 없는데, 뭔가 좀
새롭고자 하는 몸부림이라는 표현이 더 맞을 듯하다. 그래서
공자는 '일 년의 계획은 정초에 있다'고 했다.

우리는 새해를 맞기까지 서너 번 정도 통과의례를 치른다.
한 살 더 나이를 먹어야 하는 현실을 인정하고 싶지 않아
미적대며, 조금이라도 늦추어 맞이하려 하기 때문이다.
먼저 '작은 설(亞歲)'인 동지가 있다. 동지팥죽에 들어 있는
새알을 나이만큼 먹어야 한 살 더 먹는다고 여겼다. 밤이
가장 긴 날이니 이튿날부터 낮이 길어진다. 긴 어둠을 끝내고
밝음이 새로 시작되므로 '설'이라고 불러도 무방하다. 다음은
신정이다. 한 해의 마지막 밤, '제야의 종' 소리를 들으면서

신년을 열어 간다.

서기 2000년이 되던 해에 '밀레니엄' 어쩌고 하면서 유난을
떨던 기억이 새롭다. 뭔가 신세계가 펼쳐지거나 어떤 큰 일이
일어날 줄 알았는데, 그해도 그렇고 그런 한 해로 끝났다. 아무
것도 아닌 '말장난'임을 깨치는 데 열두 달이 걸렸다. 역시
하늘 아래 새 것이란 없었다. 단기檀紀도 불기佛紀도 아닌 오직
서기西紀적 시간관의 허상임을 덤으로 알게 되었다.

동지와 신정을 거치고 나면 구정이 온다. 섣달그믐과 정월
초하루는 시계와 날짜는 명확히 바뀌지만, 마음은 시간의
돈변(頓變: 갑자기 바뀜)을 쉽게 받아들이지 못한다. 그러다 보니
3단계를 거치면서 서서히 현실을 인정하게 된다. 하지만
그것도 서운했던지 마지막은 중언부언 '입춘'으로 마감한다.

추위와 어둠이라는 대단원의 막을 내린 신춘은 비로소 진짜
새봄을 실감나게 해 주기 때문이다. 오래된 나뭇가지에
새싹이 돋는 것을 보고 묵은 내 몸뚱이도 저렇게 새 순을
피워 낼 것이라고 믿고 또 위로한다.

예전에도 섣달그믐날 밤은 눈썹이 희어질까봐 잠을 자지
않았고 집 안 곳곳에 밤새 불을 밝혔다. 결국 묵은해와 새해는
단절이 아니라 계속 이어짐을 성성적적하게 살피면서 보내고
맞이했던 것이다. 붉은 팥죽, 통알 삼배, 정초기도, 입춘 부적
등 이 모든 것들이 탐진치(貪瞋痴, 탐내어 그칠 줄 모르는 욕심과 노여움과
어리석음) 삼독(三毒)의 타파를 통하여 '묵은 범부'에서
'새 부처'로 나아가고자 하는 중생들의 발원이 담긴 또 다른

수행 방편인 것이다.

조선시대 계종학명 선사가 신년을 맞이하며 남긴 선시는 이
모든 자질구레한 주절거림에 찬물을 확 끼얹는다. 그리고
'제발 헛소리들 그만하라'는 매몰찬 일갈을 했다.

묵은해니 새해니 분별하지 말게.
겨울 가고 봄이 오니 해 바뀐 듯 하지만
보게나, 저 하늘이 무엇이 달라졌는가.
우리가 어리석어 꿈속에 사네.

妄道始終分兩頭　　冬經春到似年流
試看長天何二相　　浮生自作夢中有

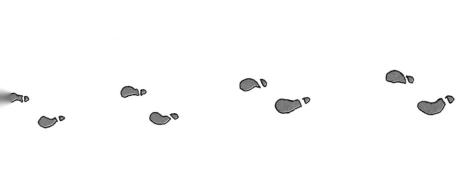

**집으로
가는 길은
어디서라도
멀지 않다**

2014년 11월 24일 초판 1쇄 발행
2015년 2월 6일 초판 7쇄 발행

글 원철 · 그림 강일구 (ilgook@hanmail.net)
펴낸이 박상근(至弘) · 주간 류지호 · 편집 김선경, 양동민, 이기선, 양민호
디자인 이유신, 김소현 · 제작 김명환 · 홍보마케팅 허성국, 김대현, 박종욱, 한동우 · 관리 윤애경
펴낸 곳 불광출판사 110-140 서울시 종로구 우정국로 45-13, 3층
　　　　대표전화 02) 420-3200 편집부 02) 420-3300 팩시밀리 02) 420-3400
　　　　출판등록 제1-183호(1979. 10. 10.)

ISBN 978-89-7479-074-5 03810

이 도서의 국립중앙도서관 출판예정도서목록(CIP)은
서지정보유통지원시스템 홈페이지(http://seoji.nl.go.kr)와
국가자료공동목록시스템(http://www.nl.go.kr/kolisnet)에서 이용하실 수 있습니다.
(CIP제어번호: CIP2014033017)

.